白洲正子 祈りの道

白洲信哉 編

とんぼの本

新潮社

目次

長尾峠より望む黎明の富士

第一章 自然への想い

「あなたにはカミサマがありますか」

昔、イギリス人の友達に訊かれたことがある。あまりに唐突な質問だったので、一瞬どぎまぎしたが、殆ど反射的に私は自分の胸のあたりを指さした。

「わたしもそうなんだ。まったく同じです」

と、彼は満足げに応えた。――だが、待てよ、カミサマといったって、あんたのはキリスト教の神だろう。それとこれとはまるで違う。私の胸のうちにいるといえばいるし、いないといえばいない。

仏はつねに在《いま》せども
うつゝならぬぞあはれなる
人の音せぬあかつきに
ほのかに夢に見えたまふ

「梁塵秘抄」のあれである。

いつかライアル・ワトソンと対談をした時、明治時代に日本人が、ゴッドをカミと訳したのは失敗だった、と指摘された。カミはカミで押し通した方がよかったのではないか、何だかわけのわからぬものだと知れば、外国人もそれなりに納得したに違いない、と。

たとえば晩秋の木洩れ日の中にたった一輪のりんどうの花が咲いている。昔は至る所にあったが、今は殆ど消え失せてしまった。そんな時に思いがけず発見したうれしさは、ほとほと涙もこぼれんばかりで拝みたくなる。

夢殿の観音さまをはじめて見た時も感動した。別に聖徳太子やフェノロサと関係なく、私はその場にひれ伏してしまった。若かったせいもあるが、いっしょに行った佐佐木茂索《もさく》さんたちがその気持をいろいろと分析して下さった。が、分析なんかで始末がつく事柄ではない。りんどうと観音さまの間には多少の違いこそあれ、本質的には私にとって同じものなのだ。

陳腐なところでは、富士山も私の心をいたく刺激する。私が子供の頃の大部分を富士の裾野ですごしたせいもあるが、これを陳腐と思うのは、（私の言葉でいえば）「頭に来ちゃってる」からで、単なる原風景という言葉では表現できない何かがある。

前にカナダ人の若い写真家が富士山を撮影したいとい

うので、案内したことがある。私はわざと長尾峠の旧道を越えて行ったが、峠のてっぺんのトンネルを出たとたん、目の前に富士山の全景が現れた。一糸もまとわぬ素っ裸の霊峰だ。

驚くなかれ、その時、彼の目には涙があった。そして、「とても写真なんかとれない」

といって、カメラを投げ捨てた。いわゆる「筆捨ての松」で、その話をすると喜んでくれた。現在、トンネルの前には巨大なハーブ園の看板が立っていて富士の影すら見えないが、野蛮もここに極まるというべきか。

内に燃えさかるマグマを秘めながら、その野蛮さも、陳腐さも、万葉集や西行の名歌も、オウム教に至るまで呑みつくし、なおかつ知らん顔の半兵衛をきめこんでいる。富士山は、やはり私にとってのあれとしかいいようがない。(風花抄　私の中のあれ)

富士図扇面絵　江戸時代　紙本著色軸装　軸幅53.0
個人蔵(白洲正子旧蔵)

山

神山というのは、たとえば大和の三輪、近江の三《み》上《かみ》山といったように、あまり高くはないけれども、何か共通の美しさと神秘性を備えており、遠くからでもすぐそれとわかる。（かくれ里　油日の古面）

とある通り、祖母にとって綺麗な円錐形をした神山は、旅の大きな道標であった。「あそこに見えるあの山はなんていうの？」が祖母の定番の問いかけである。

富士山については冒頭の「私の中のあれ」を読んで頂けたらお解かりになると思う。祖母は富士を本当に愛していた。その証拠に、冬の晴れた日は、富士山を見るためだけに、ドライブに出掛けていた。新幹線で関西に行くときも、必ず進行方向右手窓側の席に陣取って、黙って外を凝視するのが常だった。

子供の頃から、関西へ行くことの多かった私にとって、近江は極めて親しい国であった。岐阜を過ぎてほどなく汽車は山の中に入る。やがて関ヶ原のあたりで、右手の方に伊吹山が姿を現わすと、私の胸はおどった。関西へ来た、という実感がわいたからである。（近江山河抄　近江路）

祖母が山に惹かれたのは、綺麗な景色というだけではない。

山岳信仰について、私は殆ど無知にひとしいが、山に籠るということは、生みの苦しみを味わうことではなかったであろうか。或いは、生れる苦しみといってもいい。もともと色々なものを生む山には、母神の性格があり、その中に入って、長い間籠るというのは、母の体内ですごした混沌の時代を、再び体験することで新しい生命を得る、そういうことを意味したと思う。（近江山河抄　伊吹の荒ぶる神）

これは女性の直感と経験に基づいている。『白洲正子自伝』の中に興味深い一節がある。

富士の裾野には、噴火の溶岩によって生じた「御体内」と称する祠がいくつもあり、「こうして人間は生れてくるんだよ」と、子供にも窮屈な鍾乳洞の中を、いとも敬虔な気持でくぐりぬけたものである。

自分では無意識であったが、大人になって地方の神社仏閣を取材してまわるうち、いつしか日本の文化に主要な位置をしめている「再生」とか、「復活」の思想に目ざめたのも、思えばあの時の経験の再生であり、復活であったに違いない。（母なる富士）

富士の裾野での幼時体験として、自然と身に付いていったことなのである。

琵琶湖畔、早崎から望む伊吹山

那智参詣曼荼羅図　室町〜江戸時代　紙本著色　150.0×163.0　熊野那智大社

有史以前から信仰された日本の瀧は、無数の歌によまれ、絵に描かれ、特に山水画には欠くことのできぬ点景となった。（中略）小さくてもいい、瀧はそこになくてはならぬ山の象徴であり、水の神の住処である。花も、紅葉も、人間の生活も、そこから流れ出る水によってうるおされるのだから、生きとし生けるものの、生命の根元に他ならない。（縁あって　瀧に想う）

熊野那智大社◆くまのなちたいしゃ
和歌山県東牟婁郡那智勝浦町那智山1
Tel 0735-55-0321　http://www.kumanonachitaisha.or.jp/

熊野曼荼羅図　南北朝時代（14世紀）　絹本著色　100.7×39.7　静嘉堂文庫美術館　（上は部分）

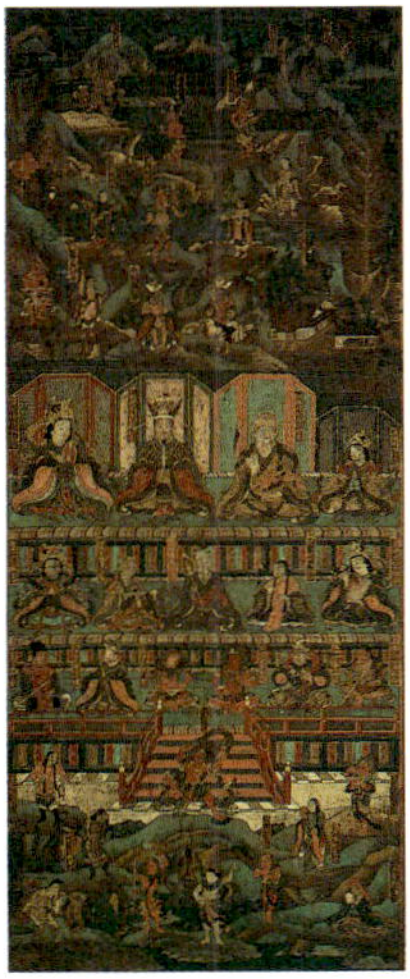

「那智」は瀧がご神体です。私ははじめて見てひどく心を打たれました。富士山と並ぶ絶景だと思ったのです。高い山の上から岩を割って落ちてくる瀧の勢いと、雷のような水音は、私の心に強い衝撃を与えました。（私の古寺巡礼）

人は第一印象というものに左右されることがあるが、思い込みの強い祖母にとっては尚更だった。祖母はまた参道を歩くことを薦めたが、那智ほどそれがぴったりくるところは他にない。大木の杉木立の古道をいくと、瀧の音がだんだんと大きくなり、やがて眼の前に現われた神々しい風景に言葉をなくすのである。

静嘉堂文庫美術館◆せいかどうぶんこびじゅつかん
東京都世田谷区岡本2-23-1
Tel 03-3700-0007　http://www.seikado.or.jp/menu.htm

雪の那智の瀧が、こんな風に見えるとは想像もしなかった。雲とも霞ともつかぬものが、川下の方から登って行き、瀧の中に吸いこまれるかと思うと、また湧き起る。湧き起っては、忽ち消えて行く。それは正しく飛龍の昇天する姿であった。梢にたゆたう雲烟は、空と山とをわかちがたくし、瀧は天から真一文字に落ちて来る。熊野は那智に極まると、私は思った。(十一面観音巡礼　熊野詣)

雪の那智瀧

瀧といえば、いつも思い出すのは根津美術館の「那智瀧図」である。（縁あって　瀧に想う）

那智瀧図　鎌倉時代（13～14世紀）絹本著色
160・7×58・8　根津美術館

樟《くすのき》

語源は「奇《くす》しき」に出ており、全体に芳香があって、樟脳を採ったり、薬に用いたところから、霊木として古くから尊ばれていた。日本書紀の神代紀には、樟で造った舟のことが記してあり、今でも縄文遺跡などから、樟の丸木舟が発掘されることは珍しくない。
　樟脳をふくんでいるせいか、虫や公害に強い木で、大木がたくさん残っているのをみても、「奇しき」霊木には違いない。

（中略）

日本に仏教が伝来した頃は、樟で仏像を造ることが多かった。それは朝鮮の影響かとも思われるが、それ以上にわが国では、樟を霊木として崇めた時代が長かったせいではなかろうか。

（中略）

その代表的な作に、大和の法輪寺の観音像がある。観音さまには、「檀像《だんぞう》」と称して、白木で彫刻する場合があり、印度や中国では主に白檀を使用していた。だから檀像と呼ぶのであるが、日本には白檀がないので、よい香りを持つ榧や桂の類で代用した。この観音さまには、淡い彩色が遺っているが、広くいえば檀像の一種で、樟の一木造りである。いかにも樟の大木が、そのまま仏さまに化けたようなどっしりした姿で、明るい生地の色がほのぼのとした印象を与える。
　だが、若い頃の私には、この仏像のほんとうのよさがわからなかった。法隆寺の百済観音や、中宮寺の弥勒菩薩の、あのロマンチックな魅力にひかれていたからで、ただ芸もなくつっ立っている仏像に、何の興味も感じなかったのである。が、年をとるにつれ、仏像はこれでいいのだ、これが檀像の源泉だと、そう思うようになった。うまく説明することはできないが、この彫刻はあらゆる技巧を拒絶して、霊木の美しさを活かすことに集中している。天衣はまとっていても、その柔らかな素肌のぬくもりは、私には裸像のように見えてならない。しいて言えばそういうことになるが、霊木の性を活かしているところに、この彫刻の魅力があり、やがて日本の自然信仰と、外来の仏像が合体して、神仏習合の思想に発展して行く、その萌芽が見出されるように思うのである。

（木　なまえ・かたち・たくみ　樟）

法輪寺　虚空蔵菩薩立像　飛鳥時代
木造彩色　高175.4

法輪寺◆ほうりんじ
奈良県生駒郡斑鳩町三井 1570
Tel 0745-75-2686 http://www1.kcn.ne.jp/˜horinji/

杉《すぎ》

国花が桜だとするなら、国木は迷うことなく杉だろう。巨木の数で言えば、圧倒的に多いし、いつの時代も家具や箸の材など生活に身近な存在だった。祖母も杉の箸を愛用していた。僕が祖母に連れて行かれた最初の場所が、奈良県桜井にある大神《おおみわ》神社だった。そこの拝殿横に神杉があって、木の幹に手を触れたのを覚えている。

神社の拝殿の前には、何代目かの杉の神木がそびえており、その幹の下の方に小さな祠《ほこら》があって、蛇が住んでいる。祠の前にはいつも卵が供えてあり、そこで拝んでいる人たちを見る度に、古代のアニミズムが少しも衰えてはいないことを知って、私は不思議な気持ちにおそわれる。（木　なまえ・かたち・たくみ　杉）

大神神社はお酒の神様でもある。毎年杉玉がつくられ、奉納される杉玉を、「しるしの杉玉」という。日本酒の酒樽が杉でつくられるのは、防腐剤の効果があるからであるが、祖母は、「お呪《まじな》いの意味も含んでいるのであろう。してみると、あの杉玉も、単に新酒ができたしるしではなくて、『神の御魂《みたま》』をかたどっているに違いない。三輪の神の分身である杉玉を飾って、新酒と豊穣を寿《ことほ》ぐとは、神代以来の歴史に彩られた三輪の里人にとって、何とふさわしく、美しいしきたりではなかろうか」（同前）と結んでいる。

[右]大神神社の神杉　[中]しるしの杉玉
[左]伊勢神宮、瀧原宮の杉の参道

檜《ひのき》

何事のおはしますかは知らねども　かたじけなさに涙こぼるる

あの世で一番会いたい人、と祖母がいう西行法師が伊勢神宮に詣でて詠んだ歌である。瀧や木、仏像や風景画など対象は違っても、祖母の接しかたの基本態度は、この「何事」を感じることだった。伊勢の遷宮に参列したとき、ひと言で「お葬式だ」と表現する。

こういうことを書くのは、まことに工合の悪いことだが、私は涙がこぼれて仕様がなかった。何に感動したのか、自分でもわからない。むろん、有がたいとか勿体ないとか思ったわけでもない。ただ涙がこぼれて止らなかった。しいていうなら、二千年の日本の歴史、私たちの祖先が経て来た足音が、古い宮から新しい宮へ遷る間の、わずかな空間と時間の中に凝縮され、伝わって来るように思われた。(道本伊勢街道を往く)

周知の通り伊勢の遷宮は二十年に一度行われているが、その八年前に写真のような用材を切り出す行事がある。言うまでもなく用材は檜である。祖母が「何事」の一番に据えたのは自然への信仰であり、単なる形式には興味を向けなかった。友人であった漆・木工作家の黒田辰秋さんから、御嶽山の中に伊勢神宮へ奉納する檜の原生林が残っている、と聞くと好奇心旺盛な祖母は、いてもたってもいられなくなる。

その檜の林は、聞きしにまさる素晴らしさであった。注連縄《しめなわ》こそはりめぐらしてないが、正に神山の気配がする。(中略)**……ブルーノ・タウトが、**(伊勢神宮を)**世界中でもっとも単純で、美しい建築と絶讃したことは有名だが、それも木曾の檜に負うところが多い。中でも「御樋代木《みひしろぎ》」と「御船代《みふなしろ》」は重要視されており、前者は御神体をおさめる器の用材、後者はその器の外箱のことをいう。そのほか鳥居の「笠木」や「棟持柱」など、大切なものは全部木曾の檜で調達される。この次の式年遷宮までは保証できるが、将来のことはわからないと識者はいう。たとえ伊勢神宮の信仰は失われても、千数百年もつづいた日本文化の粋と、その元を支えている檜の美を保存して行くことは、現代に生きている我々の責任ではないだろうか。**(木　なまえ・かたち・たくみ　檜)

[右]伊勢神宮遷宮の御杣始祭
[左]裏木曾の神宮備林の檜

桂《かつら》

美を人生の友とした祖母、日々の中核は「骨董」だった。子どもの頃に父（樺山愛輔）に大名家の売り立て会に連れて行かれたことがきっかけとなり、父の友人であった益田鈍翁、原三渓などを知るようになる。なかでも「最後の殿様」と言われた細川護立には可愛がられ、大人になってからも、「御殿」と呼ばれた目白の邸宅に、「骨董」の手ほどきを受けに通うようになる。「私が陶器を『勉強』したのはその期間だけで、もしかすると一番知識があるのは中国の古美術かも知れない」（いまなぜ青山二郎なのか）と記している。

その細川家の別荘が軽井沢にあり、祖母はしばしば遊びに行っていたようである。

昔、軽井沢の細川邸に、みごとな桂の並木があった。山奥などで桂の大木を見かけることはあっても、このような美しい並木に接したことは未だかつてない。（木　なまえ・かたち・たくみ　桂）

この桂並木は護立氏が若い頃に、相模の大山から自分で移植したという。並木道を二人で散歩しながら、そんな謂《いわ》れを聞いていたのであろう。ある日、大山の近くの寺に、桂でできた仏像があると聞いて飛んで行った。

相模の大山の麓に、霊山寺《りょうぜんじ》という古刹がある。俗に日向《ひなた》薬師と呼ばれるが、そこに桂の木で造られた平安時代の仏像がある。（中略）**それは宮殿形の美し**

軽井沢、旧細川邸の桂並木

い厨子に入っておられた。住職の唱える陀羅尼《だらに》とともに、扉がぎしぎし音を立てて開かれると、大地から湧き上がるように三尊仏が出現した。薬師如来を中心に、左に月光菩薩、右に日光菩薩。写真でよく知っているつもりだったが、やはり実際に拝むと迫力が違う。その迫力は、荒けずりの鉈彫から来るもののようであった。（同前）

殿様が亡くなり人手に渡った桂並木を、「将来ここがどう変わるにしても、あの桂並木だけはぜひ残しておいてほしいと思う」と案じていた並木はいまも健在で、軽井沢の名所になっている。

宝城坊（日向薬師）◆ほうじょうぼう（ひなたやくし）
神奈川県伊勢原市日向 1644
Tel 0463-95-1416

宝城坊（日向薬師）薬師如来三尊像
平安時代（10世紀） 木造
像高 中尊116.6、左脇侍像123.3、右脇侍像123.9

蔦《つた》

鶴川の自宅は草木に囲まれていた。山野草が好きだったのと、整った庭を好まなかったためだろう。仏教に「山川草木悉皆成仏」という言葉があるが、あらゆるものに魂が宿り、カミと見立てたアニミズム的なものが、わが国文化の基層である。長い間、自然とともに暮らしていた日本人が、暮らしの中に草木を取り入れ、工芸や絵画、そして歌が生まれてくる。

蔦を題材にしたものの中で、忘れることができないのは、宗達作の「蔦の細道」の屏風絵である。前章の「八橋」と同じく、伊勢物語に構想を得ており、六曲一双の屏風に、金と緑の濃淡だけで、目がさめるような意匠を構成している。和歌の筆者、烏丸《からすまる》光広は、歌

俵屋宗達　蔦の細道図屏風　江戸時代（17 世紀前半）　六曲一双
紙本著色　各 158.3 × 360.0　相国寺承天閣美術館

や書に長じた十七世紀初頭の公卿で、宗達や光悦と親交のあった人物である。右方に五首、左方に二首の歌を書いているが、屏風の文様とつかず離れず調和して、全体として見ると実に美しい。(草づくし　つた)

祖母の友人だった漆・木工作家の黒田辰秋さんが、蔦の茶入れをつくるため材を探していた。あるとき祖母が、富士の山奥に行ったときに、このことを思い出し現地の詳しい人に尋ねてみると、運良く一本残っていて、早速京都に送った。黒田さんは大そう喜んで次のような話をしてくれた。

仕事をしてみると、蔦は木でないことがよく解る。柔らかいくせにねばり強いというか、木とはまったく感触が違うのだ。蔦の文字を木へんではなく、草かんむりにした人たちは偉い。

後日最初の作品が祖母のもとに届けられた。

相国寺承天閣美術館◆しょうこくじじょうてんかくびじゅつかん
京都府京都市上京区今出川通烏丸東入　Tel 075-241-0423
http://www.shokoku-ji.or.jp/jotenkaku/

秋草と月

祖父の次郎は、毎年夏を軽井沢で過ごしていた。祖母は祖父と入れ替わるように、秋の軽井沢に出掛けて行った。仲が悪い訳ではなく、目的が違うのである。祖父はゴルフ、祖母は秋の草花を愛でて過ごすのだった。

別荘のなかは雑草を生えるに任せてはいたが、そのなかにたまに野草が咲くと喜んでいた。近くにゴルフ場ができる前は野原の中の一軒家で、松虫草が咲き乱れていたのだが、ゴルフ場の殺虫剤が原因で、みな消えてしまった。軽井沢に住む友人がみかねて、高山植物の名所である高峰高原へ、祖母を案内するようになった。

鶴川の自宅は武蔵野の丘陵地帯にあった。僕が子どもの頃、まだ舗装もされておらず、わずか数軒だけの寒村だった。

私の家は多摩の丘陵の中にあるので、草から出る月も、草に沈む月も見ることはできないが、たまたま埼玉県の平野のあたりで、地平線に没する満月に接したりすると、望郷のおもいにおそわれる。望郷といっても、ある特定の故里ではなくて、まだ見ぬ国へのあこがれといえようか。（草づくし　武蔵野）

バブル景気の時分、鶴川周辺の山は削られ、住宅地にと変貌していく。どのあたりだったか、祖母と一緒に開

根津美術館◆ねづびじゅつかん
東京都港区南青山 6-5-1　Tel 03-3400-2536
http://www.nezu-muse.or.jp/

発中の分譲地の一角を通り過ぎたとき、地平線から月が顔を出したことがあった。周りは住宅地と電線だらけ、お世辞にもいい景色とは言えないのに、祖母は「ちょっと車をとめて」と言ってしばらく月を眺めていた。いま思えば望郷の念にかられていたのかもしれない。

月に対する想いは幼少の頃にできあがっていた。

いくつぐらいの時だったろうか、大沢の池に舟を浮べて、お月見をしたこともある。最近は仲秋の名月の夜に、鳴りもの入りで船遊びを行うと聞くが、そんな観光的な行事ではなく、極く少数の物好きが集まって、ささやかな月見の宴をひらいたのである。その夜のことは今でも忘れない。息をひそめて、月の出を待っていると、次第に東の空が明るくなり、双ヶ《ならび》丘《おか》の方角から、大きな月がゆらめきながら現われた。阿弥陀様のようだと、子供心にも思った。やがて中天高く登るにしたがい、空も山も水も月の光にとけ入って、蒼い別世界の底深く沈んで行くような心地がした。ときどき西山のかなたで、夜鳥の叫ぶ声が聞えたことも、そのすき通った風景を、いっそう神秘的なものに見せた。（私の古寺巡礼　幻の山荘——嵯峨の大覚寺）

子どもの頃に月が阿弥陀様にみえるのだから敵わない。

武蔵野図屏風　江戸時代　六曲一双　紙本金地著色
各 147.9 × 331.8　根津美術館

祖母は新聞で月の満ち欠けを確認するのが日課だった。

……詩歌の世界ではなくてはならぬ存在であり、月の運行、或いはその満ち欠けによって、どれほど多くのことを我々の祖先は学んだか。古典文学だけではなく、日常の生活でも「十三夜」、「十五夜」は申すに及ばず、月を形容した言葉は枚挙にいとまもない。月を愛したことでは日本人にまさる人種はいないであろう。（夕顔　ツキヨミの思想）

そのままこれが、祖母の生活態度であったのである。東京では叶わないお月見だが、気が向けば、飾り付けだけすることもあった。注文されたほうはかなわなかったであろうが、出入りのお豆腐屋さんに、お月見用にと、丸いお豆腐を注文したこともある。お団子などの丸い供物とともに欠かせないのは、秋の七草のひとつ、ススキであろう。月見のときは稲穂に見立ててお供えするもので、収穫の無事と翌年の豊作を祈る意味がある。ススキは月見に限らず季節の花として活けられることが多かった。箱根の仙石原辺りのススキは素晴らしいが、子どもの頃に、御殿場から馬に乗って、富士の裾野に広がるススキの中を、駆け巡っていたのかもしれない。

桃山から江戸期へかけて、武蔵野の月と尾花は、一般民衆の間に浸透して行ったが、新古今集の歌にはじめてとり上げられた頃でも、既に一部の絵師や工芸家たちは、彼らの武蔵野のイメージを造りあげていたのではなかったか。たとえば国宝の「秋草の壺」がそれである。昭和十七年四月、川崎の日吉のあたりで、慶応義塾が工事をしていた時、偶然発見されたと聞いているが、その雄渾《ゆうこん》な姿と、秋草を刻んだ鋭いタッチは、比類がない。平安末期に、常滑《とこなめ》で造られた蔵骨壺で、ただし、絵だけは都の優秀な画家が刻んだのではないかといわれている。都の画家ならば、「武蔵野」の風景は胸中にあったに違いないし、武蔵の豪族を葬《ほう》むるための祭器と知っていれば、尾花で装飾することこそふさわしいと信じたであろう。そういう祈りに似たものを私はこの「秋草の壺」に感じる。眺めていると、強く張った形が満月のように見えて来て、茫々たる武蔵野の原をくまなく照らしているように見えてならない。（草づくし　武蔵野）

「蔦」のところで述べたが、我々日本人は、物語のキモを見事にいかし、表現する天才である。その代表は「お能」であることは言うまでもないが、工芸の世界では「本歌取り」といい、左頁にあげた茶碗は、源氏物語に本歌がある。だがそれは単なる模倣や物真似ではなく、

［上］秋草文壺　平安時代　高42.0　慶応義塾大学（東京国立博物館寄託）
［下］尾形乾山　色絵夕顔文茶碗　江戸時代中期
高9.5　口径13.0　大和文華館

秋野に月文様肩衣　江戸時代　茂山家蔵

……元を正せば、日本人が生れつき持っていた復活の信仰に溯ることができると思う。（中略）**夕顔の花は、小袖、唐織、漆器、刀の鐔《つば》、浴衣に至るまで、くり返し文様化され、時には半蔀や扇を配したり、時にはひょうたんをそえるなどして、源氏物語に本歌があることを無言のうちに示して来た。それを見る度に私は、古典文学の影響の大きさと、自然の草木に対する愛情の深さを思ってみずにはいられない。**

（草づくし　夕顔）

祖母は鶴川の書斎代わりとしても使用していた食堂から、見える位置に夕顔を植えて、夕方になると外を凝視し、「昨日はやっと一輪咲いたの」と嬉しそうに話していた。祖母は「東京に行くと息が詰まるのよ」と入院するたびに愚痴をこぼしていたが、呼吸をしない地面の上では生きている心地がしなかったのだろう。草木、そして月に対する愛情は人一倍であった。

[上]大沢池、中秋の名月
[下]大沢池畔の石仏群

石

自然信仰、最後に石の登場である。原始信仰では頂上近くにある岩を、神が降臨する座と定め、祭祀が行われた。やがて、磐座《いわくら》を囲むようにして恒久的な社が建ったのである。

毎年春に行われる日吉大社の「御《み》生《あ》れ祭」は、小比叡頂上の磐座を挟んだ二つの社から神輿にのった神様を一気呵成に下ろし、里へ降りることにより人の暮らし、ひいては稲作の豊穣を祈る祭りへと発展していった。山全体が神と崇められたなかで、とくに頂上の磐座は、祭祀をする重要な場所となっていく。これは原始信仰の法則で、奈良の三輪山の頂上も、大小の岩だらけだ。経典がない自然信仰なのに、どこへいっても山宮（奥宮）、里宮、田宮が三つセットで見受けられるのは不思議なことである。

左の写真は速玉神社の旧社地にたつ神倉神社のゴトビキ岩である。毎年二月六日、白装束を纏った二千人もの男たちが山に登り、神火を各自の松明に灯し、急な階段を駆け下りる。もっとも古い原始信仰をいまに伝えているお灯祭り。はじまりは岩だった。

祖母は「近江は日本の楽屋裏」といい、奈良や京都にはない、「えたいの知れぬ魅力にとりつかれてしまった」のである。そして、「近江は日本文化の発祥の地といっても過言ではない」と言い切った。その一番の柱が「石」だった。

近江には奈良や京都に匹敵する美術品はないと書いたが、石造美術だけは別である。美しい石材に恵まれていたのと、帰化人の技術が手伝ったのだろう。それ以前からの自然信仰が、民衆の間に、根ぶかく生きていたことも忘れてはなるまい。文化財を残したのは、国でも皇室でもなく庶民なのだ。地方を歩いてみて、そのことを強く感じるが、とうの昔に失われたはずの原始信仰が、未だに健在なことに私は驚く。木と石と水――それは生活に必要なものを生み出す「山」のシンボルであり、日本人の内部に秘められた三位一体の思想なのだ。（近江山河抄　近江路）

祖母はこよなく近江を愛し、隅々という言葉がピタッとくるくらい歩いたのだ。関寺の牛塔、廃少菩提寺の多宝塔、鏡山の宝篋印塔、太郎坊の夫婦岩、稲荷山古墳の石室、日吉の石橋に小比叡の磐座など枚挙の暇もない。そして、近江と渡来人との関係に言及し、「穴太衆《あのうしゅう》」という石積みの専門集団に惹かれていく。なかでも飛び切り、日本一だとするのが、石塔寺の三重塔である。

石塔寺へ最初に行ったのは、ずいぶん前のことだが、あの端正な白鳳の塔を見て、私ははじめて石の

朝日を浴びる神倉山、神倉神社の磐座、
ゴトビキ岩　和歌山県新宮市

美しさを知った。朝鮮にも、似たような塔はあるが、味といい、姿といい、これは日本のものとしかいいようがなく、歴史や風土が人間に及ぼす影響を今さらのように痛感した。（かくれ里　石をたずねて）

つまり、このような石の文化が発展したのは、百済人が中心になったにせよ、塔の容姿が百済に似たものがあるからといって、すべてが彼らの手になったとは考えなかった。古来からの自然信仰と、古墳を造営したりする

石積みの専門家たちがかれらと協力して造らなければ、このように美しい石塔はできなかったに違いないという。このような祖母の想像はいつも自らの体験に基づくものだった。

ある日、石仏を探しているうちに、三上山から妙光寺山辺りで迷ってしまう。山はつつじの花盛りで、心細くなって歩いていると、注連縄をはった石室に行き当たり、上を見上げると、頂上にかけて石舞台に匹敵するほどの大古墳群が続いているのを目の当りにして、急に薄気味悪くなり、麓の村まで駆け下ったことがある。そんな経験から、

それにしても、こんな高い所まで、巨石を運んで塚を築いた人々の、精力と技術には驚くべきものがある。近江に、狭々城の山君とか、石部の連とか、山や石に関する名前が多いのも、古墳の築造にたけていただけでなく、巨石信仰が行き渡っていたからであろう。「みあれ」は、鎮魂と同時に、再生を意味する。石にやどった祖先の魂は、次第に石室や石棺に姿をかえて伝えられ、生れ変って行ったので、不必要なほど大きな石材を用いたのも、単に勢力を誇示するための手段ではなかった。そこから石塔や石仏への転化は、ほんの一歩である。外来の仏教や美術を受け入れたのは、それ以前の長い伝統があったからで、巨石はすでに何物かを求めて動き出そうとしていた。（同前）

白鳳から三百年、仏教はカミと習合し、仏も一木へと刻まれていく。さきにあげた一つ、関寺の牛塔は、

石塔寺との間には、約三百年のへだたりがあるが、ここにはもはや大陸の残り香はなく、完全に日本のものに化している。人工から再び自然に近づいたといえようか。はっきりした形は失ったかわり、茫漠とした大きさと、暖かみにあふれ、須恵器の壺に、笠をのせたような印象をうける。（同前）

［右］石塔寺の三重塔「阿育王塔」　奈良時代　高760.0　滋賀県東近江市
［左］関寺の牛塔　鎌倉時代　高330.0　滋賀県大津市逢坂

第二章 神像

一九八三年、「芸術新潮」の四〇〇号記念特大号に「日本の百宝」という特集があり、各界五十一人のかたが、自分の百宝について答えている。祖母も登場しているのだが、一番の法隆寺の救世観音ではじまって、なぜか一〇一番で終わっているのが祖母らしい。その中に神像を三ヵ所から選んでいる。熊野速玉神社神像三体。薬師寺神像三体。そして松尾大社の神像だが、これだけがなぜか三体ではなく、女神像だけを選んだのが興味深い。

仏像に比べ神像の数は圧倒的に少ない。違いすらよくわからないかたも多いのではないかと思う。前章をお読み頂けたらお解かりだと思うが、山川草木に宿るアニミズム的なものを信仰していた日本人にとって、六世紀に伝えられた仏教は明らかに異国の文化だった。だが、立派な伽藍や極彩色に彩られた仏像は、それまで恒久的な社殿も、偶像も持たなかった人々にとって、物凄いショックだったに違いない。やがて、仏像と同様に、神様の姿を具体的にあらわした彫刻が生まれた。それが「神像」なのである。

だが、姿や形を持たない、我々日本人の心の奥底に古くから宿っているものを、彫る、のだから大変な想像力が必要だったと思う。神様の側はきっと、はじめは仏像に対抗しようとしたのではあるまいか。次頁にあげた速玉大社の神像を見れば明らかであろう。目をかっと見開き、堂々と、みるからに威厳に満ち溢れている。横からみても、物凄い木幅で、神聖なご神木にそなわっている霊力に重きを置いたように思う。仏像のやさしく包み込むようなお顔とは正反対である。

そして祖母は、近江を旅しているうちに、永源寺町（現・東近江市）の山中にある君ヶ畑金龍寺の古面二点に出会い、「これこそ木地師が打ったと思われるもので、まるで伎楽面のようなおおらかな表情をしている」と記し、想像力をフル回転して、次のような仮説に至る。

近江には、能面ばかりでなく、神像もたくさん残っており、いつも私は仏師の彫刻とは一風違うと思っていた。どこが違うといわれると困るのだが、しいて言えば、彩色より生地に重きをおき、彫りが生硬で素人っぽいこと、そのくせ刀の跡はするどく、気魄にみちていることなどで、その謎が今はとけた

熊野速玉大社◆くまのはやたまたいしゃ
和歌山県新宮市新宮1
Tel 0735-22-2533　http://www.kumanokaido.com/hayatama/

夫須美神（ふすみのかみ）坐像
平安時代前期
木彫彩色　高98・5　熊野速玉大社

家津美御子（けつみみこ）大神坐像
平安時代　木彫彩色　高81・2
熊野速玉大社

熊野速玉（くまのはやたま）大神坐像
平安時代　木彫彩色　高101・2
熊野速玉大社

［右］神功皇后坐像　平安時代（9世紀）　檜材彩色　高35.8
［中］僧形八幡神坐像　平安時代（9世紀）　檜材彩色　高38.6
［左］仲津姫命坐像　平安時代（9世紀）　檜材彩色　高36.0　薬師寺（3点とも）

ように思う。神像も、能面と同じように、最初は木地師が造ったものに違いない。木を職とし、糧とする人々が、樹木を神聖視しなかったはずはない。その信仰は誰よりも強く、真摯《しんし》なもので、木の美しさも、不気味さも、知りつくしていただろう。神像のいかめしく、動きのない表情は、そのまま山に住む人々の信仰の姿であった。私は前に、こけしによく似た、こけしよりずっと大きい藤原時代の神像（38頁上右）を持っていたが、これはその当時から、私が抱いていた考えだった。それが今はっきりと、目に見えたような気がする。（かくれ里　木地師の村）

木地師が自然の樹木を崇めるのと同じような気持ちで、神像にかれらの魂をこめたと祖母はいう。やがて、神と仏が混交していくに従い、僧形八幡神像のような、おだやかな表情のものが生まれ、木の霊力より像の細部に手が加わってくるのだった。

西国巡礼第八番札所の長谷寺へ詣でたときに、「本泊瀬」と呼ばれる瀧蔵山で、正しく「長谷曼荼羅」という景色に祖母は出会う。そこに神社があり、こんな素晴らしいところなのだから、社殿には必ず神像が祀ってあるに違いないと直覚し、伝手を求めて神像の拝観をお願いした。果たしてその願いは叶い、この機を逃してはなる

薬師寺◆やくしじ
奈良県奈良市西ノ京町 457
Tel 0742-33-6001　http://www.nara-yakushiji.com/

[右]女神像　木彫　高42.5　個人蔵（白洲正子旧蔵）
[上]君ヶ畑古面、翁面（右）と延命冠者
大皇器地祖神社
[左]女神坐像　平安時代（9世紀）　木造彩色
高87.6　松尾大社

まいと、翌日の予定をキャンセルし、瀧蔵神社へまた向ったのである。

昨日とちがって、寒い日であったが、神社の境内はことさら冷い。神主さんの白装束が目にしみるが、そういう時こそ神像を拝むに適している。聞くところによれば、数年前、修理の時に一度扉をあけただけで、千年以来誰も拝んだものはいない。神主さんもはじめてだという。いくら信仰心のない私でも、観音様のおひき合せと思いたくなる。

高い石段を登り、靴をぬいで、社殿にぬかずく。扉のきしむ音が、朝の森にこだまする。先ず中央の扉があき、つづいて白木の厨子が開かれる。中には美しい女神が端座していられた。身体がふるえたのは、あながち寒さのせいばかりではない。それは期待していたより、はるかにすぐれた、藤原時代の神像であった。朱と白緑の彩色がほのかに残り、特にお顔が美しい。いずれ名のある仏師が造ったのであろう、……（十一面観音巡礼　こもりく　泊瀬）

こうして平安時代の末になると、神像は小型化していく。祖母が神像について記した具体的な記述はこの瀧蔵だけで、神像の彫刻的な技術より、木々への信仰という原初に惹かれたように思う。

松尾大社◆まつのおたいしゃ
京都府京都市西京区嵐山宮町3
Tel 075-871-5016　http://www.matsunoo.or.jp/

第三章 旅の始まり『西国巡礼』

祖母は八十四歳のとき刊行された『白洲正子自伝』の最後を「西国三十三ヵ所観音巡礼」で締めくくっている。

一九六四年、東京オリンピックが開催された秋、ある出版社の依頼で、西国三十三ヵ所の観音巡礼を取材した。日本中がオリンピックで沸きに沸いているのを尻目に、旅に出るのがいい気持だったからで、まだその頃は私にも多分に客気が残っていたのである。今から思うと気羞しいが、近江の山の上から、こがね色の稲田の中を、新幹線が颯爽と走りすぎるのを見て、優越感にひたったものだ。お前さんはすぐ古くなるだろうが、こっちは千数百年を生きた巡礼をしてるんだ、ざまぁ見ろ、といいたい気分であった。（白洲正子自伝）

歩きはじめたのは、祖母五十四歳の年。今風の言葉をかりるなら「第二の人生」というものに足を踏みいれた瞬間だったのだろう。巡礼は「長い間、私のあこがれであった」といい、別の言い方をすれば、「機が熟した」のである。旅支度を整えながらも、祖母の心には「私みたいに特別な信仰のないものが、取材のために巡礼など試みていいものであろうか。それは一種の冒瀆ではあるまいか」と疑念をもつ。だが、「信仰はあってもなくても構わない、ただ歩けばよい」という言葉に励まされ、また、第一番札所の「青岸渡寺」で、瀧が御神体である那智の瀧を拝み「観音巡礼は神道でも仏教でもなく、日本古来の自然信仰に源がある」と安堵する。

那智にはそれからもたびたび足を運ぶようになるが、あるときは金銅の観音像（43頁）がきっかけとなることもあった。

那智の山中で、木樵が材木を運んでいる時、木馬道のくずれた所に、光るものが見えた。掘ってみると、金銅や陶器の破片が出て来たので、更に掘りつづけたところ、仏像と仏具が、百五、六十点も発見された。その後、二回にわたって発掘が行われ、鏡、古銭その他の遺品が出土し、その数は数百点に及んだという。

今、東京国立博物館に蔵されている白鳳時代の十一面観音は、その時発見されたものである。十一面観音としては、日本でもっとも古い作で、長い間土中していたにも関わらず、厚い鍍金がよく残っている。百済観音と同じように、左手を下におろして宝瓶を持ち、右手を前へさしのべた姿も古様である。これを発見した木樵は、むろん土地の住人で、眺めていると、彼等の驚きと喜びが伝わって来るような感じがする。那智へ行きたい、と思ったのはその時

西国三十三ヵ所巡礼の途次、
竹生島を背景に立つ白洲正子
1964年　撮影者不詳

……（十一面観音巡礼　熊野詣）

「美しいものに出会わないと、書く気が起らない」というくらい、美が旅のきっかけとなることが多くあった。

巡礼をするなかで、祖母が一番大事にしたことは、「参道は全部歩くこと」だった。最初のうちは、足だけではなく身体中が痛くなったが、五番六番と続けているうちに身が軽くなり、足のほうからどんどん進み、頭のなかはからっぽになっていく。祖母はなにかに憑かれたように歩いたのである。

先程、近江の山の上から新幹線をみて、優越感にひたったと記したが、その山の上が第三十二番の観音正寺である。

麓の神社のあたりはそれほどでもなかったが、次第に急な坂道になって来た。それもふつうの石段ではなく、大きな自然石を並べただけのもので、一段登るたびに、かなりな努力がいる。足元にも注意しないと、ともすれば転びそうになる。こんなところで怪我したら目も当てられない。標高はわずか五、六百メートルで、山頂までは十八丁ぐらいしかないから、今までの経験からすれば何でもないはずだが、それも道がよければの話である。半分も登らないうちに、くたくたになってしまった。

曲り角毎に現われる景色はさすがに美しく、目路《めじ》のはてまでつづく蒲生野《がもうの》に、黄金の波がうねっている。その中を新幹線が、金属性の音を立ててすべって行くのが玩具みたいに見える。（西国巡礼　第三十二番　観音正寺　繖山観音正寺）

新幹線が過ぎると、その後は辺りが静寂につつまれ、だんだん心細くなってくる。引き返そうかと思ったが、巡礼の「同行二人」という文句に励まされ、なんとかお堂にたどりつく。そして、ここにはりっぱな建築もないし、宝物もないが、巡礼のもっとも古い、純粋な形が、この寺には残っているとし、「ただ巡礼すればいい」という寛大な教えを体現するのだった。

先の『白洲正子自伝』では旅をこうしめくくっている。

そういう風にして私は日本の信仰を体験して行った。アニミズム、と人はいうかも知れない。が、生れつき持っていたものを、西国巡礼をすることにより、開眼したといえようか。或いは自分自身に目ざめたといい直してもよい。それから後、私はよそ見をしないようになった。相変らず信仰は持っていないのだが、自分が行くべき道ははっきりと見えて来た。好奇心は強い方なので、ひと筋の道とは行かなくても、世の中のありとあらゆるものは、私の魂に

東京国立博物館◆とうきょうこくりつはくぶつかん
東京都台東区上野公園 13-9　Tel 03-3822-1111
http://www.tnm.go.jp/

ひと筋につながっている。（**西国三十三ヵ所観音巡礼**）

孔子に「五十にして天命をしる」という言葉があるが、きっとそんな巡礼だったのだろう。前述の、「私の魂」というのは三つ子の魂のようなことで、「私がアニミズムという信仰ともいえないような信仰を身につけたのも、深く掘りさげれば元はお能にあると思う」と四歳のときから親しんできた「お能」と「西国巡礼」という二つの経験が、一つに結びついた瞬間だったのである。

那智出土　十一面観音立像　奈良時代（7 世紀）
銅造鍍金　高 30.9　東京国立博物館

第四章 神と仏の仲立ち 修験の行者

白山

大御前、別山、越南知《おなむち》の総称である白山。登山口は越前の平泉寺、美濃の長瀧寺、加賀の白山本宮と三つにわかれ、平家物語の頃からそれぞれの「馬場」で馬を降り、徒歩で登るのが決まりであった。祖母は白山信仰圏に着目し、湖北から越前、美濃と訪ね歩く。そこで一人の人物に出会うこととなった。泰澄大師である。

泰澄は伝説上の人物とされるが、元亨釈書や平安時代の伝記にもその名があり、祖母は確かにそういう人物が実在したと考える。七世紀後半、越前の国麻生津で誕生した泰澄は、十四歳のとき夢に十一面観音が現れ、越智山に籠もり修行する。二十一歳の頃には、「越《こし》の大徳《だいとこ》」と呼ばれ、奈良の都までその名は知れ渡っていた。事実、天皇が病気になられたときには、祈禱のために奈良へ招かれたりしている。

白山に籠もったのは三十六歳のとき、越前登山口である平泉寺から頂上にいたり、千日もの間、精進潔斎の修行に励み、やがて眼の前に、かつて夢にみた美女、十一面観音が現われたのだった。修験者の言葉でいうなら、「感得」したのである。

白山の神は菊理《くくり》姫という女神で、「白い雪を頂く美しい山の姿が、そのまま神と信じられたのであろう」と祖母が言うとおり、山の神々が住まう場所に、自らの身を投げ打ち、山の神様を感得しようと修行に励んだのである。仏教の世界に身をおく修験者が、古来からの山の神と合体することにより、神と仏の間を取りもったと言えるのだ。祖母は神仏習合の思想が如何に美しいものであるかと力説したのである。

……泰澄大師は山岳信仰の創始者で、神仏習合の元祖であるといっていい。私はこの思想が、日本のすべての文化にわたる母体だと思っているが、泰澄は役行者ともほぼ同時代の人で、行基・玄昉も共鳴したとすれば、そういう機運はあらゆる所に芽生えていたに相違ない。よく知られているのは、東大寺

建立に際し、宇佐八幡が勧請されたことで、史上に現われた垂迹思想の嚆矢《こうし》とされている。

周知のとおり、本地垂迹とは、仏がかりに神の姿に現じて、衆生を済度するという考え方だが、それは仏教の方からいうことで、日本人本来の心情からいえば、逆に神が仏にのりうつって影向《ようごう》したと解すべきであろう。その方が自然であるし、実際にもそういう過程を経て発達した。泰澄の場合でいえば、白山信仰の長い伝統があったから、仏教が無理なく吸収され、神仏は極めて自然に合体することを得たのである。（かくれ里　越前　平泉寺）

泰澄が籠もった最初の山、越智山も、東に白山、西に日本海を望む風景と、その地名から、古くは越の国の神山だったと祖母は断じる。

少年泰澄が籠ったのは、そういう景色の神山であった。あしたには白山に日の出を拝み、夕べは落日に染まる日本海を眺めたに違いない。十一面観音が現われたのは、そういう瞬間ではなかったか。その面影を慕って、白山登頂を思い立った。現代の登山家は、山を征服するというが、古代の人々ははるかに敬虔な気持で、自然と一体化することを望んでいた。両者に共通するものは、止むに止まれぬ山への

泰澄大師像　明応2年（1493）　木造
文化庁／大谷寺旧蔵

福井県側から望む白山

憧憬で、そういう意味で、登山というものは、極めて官能的なスポーツであり、信仰でもあったと私は思う。（同前）

繰り返すが、山への信仰が根本にあるといっているのである。だが残念なことは、泰澄が晩年を送ったという大谷寺や、六千坊とも言われ、多くの僧兵を擁した平泉寺も、今は往時の様子をうかがいしることはできない。祖母は大谷寺に残る鎌倉時代の石塔や、平泉寺の苔の艶やかな緑、そして陽が落ちる頃に、あかね色に染まる白山の雪景色に、白山は越前を本家とするべきであろうという印象をもったのである。

美濃の馬場、長瀧寺には祖母の大好きな古面がある。「能面」を著すときに、さる展覧会で見たものだが、「美術品は、その生れた場所でみるとまた格別な味わいがある」という。

能面というと、まず心に浮かぶのは岐阜県白鳥《しろとり》の長瀧白山神社に蔵されている古面である。鎌倉時代の作だから、厳密にいえば、まだ能面とは呼べない。能面の原型というべきだろう。「延命冠《えんめいか》者《じゃ》」に似ているので、その名で呼ばれることもあり、時には「女」、時には「童子《どうじ》」と名づける場合もある。狂言面の「乙《おと》」（おかめ）や、

「猩々《しょうじょう》」にも似ているが、これに皺を彫り、鬚をつけ加えれば、そのまま「翁《おきな》」の面にもなる。（夢幻抄　長瀧白山神社・能面）

まず能面そのものを美術の視点から鑑賞し、「しっかりした彫刻と、うぶな彩色が美しい」と記す。やがて、平泉の中尊寺に「若女《にゃくにょ》」という似た面があり、その裏の「白山権現御宝前正応四年」という墨書から、延年の舞に使われていたのではないかと類推し、この古面も、長瀧で古くから伝わる花奪祭《はなばいまつり》でつける面であったのではないかと、さらに想像を膨らませる。そして、「はじめはおそらく御神体として造られ、後に芸能に用いるようになったのだろう。泰澄大師を案内したという神様も、きっとこういう顔をしていたに違いない」とまで断言する。最後には「もしこの面に名前を与えるなら、延命冠者などというありきたりなものではなく『菊理比売』か『白山比売』以外にない」とまで言うのであった。

長瀧寺は修験が盛んになるにつれ、もとの山口神社と合体し隆盛を極めたが、明治の廃仏毀釈により寺は壊滅したのである。祖母はたびたびこのことについて記し、「日本の神社仏閣のほとんどが辿った道であるが、神仏を分離したところで、害はあっても益はなかった。明治維新のどさくさまぎれに、性急にやってのけたのだろうが、千年の歴史を滅ぼした罪は重い」と糾弾する。同じ頃、修験道も禁止された。日本の全人口三千五百万人のうち修験者が十七万人いたというから驚くべき数だったのである。近代国家と引き換えに、数々の犠牲があったことを、もっと我々は知る必要があるだろう。

仏教側ばかりではなく、各地に残る神社も、社家制度が廃止され、強制的に合祀された。数多くの産土神《うぶすながみ》が消えたのである。歴史の面影は地の神の名や、地名、小さな祠にあるのだが、明治を知る祖母にとっては、わが身が削られていくようなことだったであろう。

古面・延命冠者　長瀧白山神社

日吉神社　十一面観音坐像　平安時代後期
木造彩色　高22・6

祖母が『十一面観音巡礼』を著すにあたり、どうしてもみたい観音像があった。ある目録でみてから、「ただすぐれているだけではなく、日本の美術品に特有なうぶな味わいと、ほのぼのとした情感にあふれており、観音様でありながら、仏教臭がまったくない」（十一面観音巡礼　白山比咩の幻像）と期待を込め、岐阜県安八《あんぱち》郡の神戸《ごうど》に趣く。あこがれていた観音像は、想像以上の美しさで、祖母は『梁塵秘抄』の歌を思い出し思わず溜息をつく。想像を膨らませるなら、祖母は念持仏にしたいと思ったのではあるまいか。

それは「梁塵秘抄」の今様が、そのまま現実の形となって現れたように見えた。時代は平安中期ごろであろうか、今まで見たどの仏像より日本的で、彫刻も、彩色も、単純化されている。宝瓶は失われているが、首飾や瓔珞をつけていた形跡もない。頭上に十一面は頂いているものの、これはあきらかに神像である。そういって悪ければ、日本の神に仏が合体した、その瞬間の姿をとらえたといえようか。

（同前）

と先の面に続き、自らほれ込んだ観音像が、この地に伝わった必然に思いを巡らせる。観音像のある日吉神社が、揖斐川沿いにあって、それをさかのぼると越前の大野に至り、水源は白山なのである。美濃には白山神社も多い事から、白山比咩《ひめ》に違いないとするのだった。

［上］大谷寺九重塔（泰澄大師の墓）
［下］平泉寺の苔むした境内

日吉神社◆ひよしじんじゃ
岐阜県安八郡神戸町神戸1
Tel 0584-27-3628

吉野〜大峯　役行者

役行者は幼名を小角といい、八世紀に活躍した人物である。生年ははっきりしないが、奈良の南部、御所市茅原（現・吉祥草寺）で生まれたと言われている。西に古代信仰の聖地である葛城連山が見渡せる場所だ。賀茂族の流を汲む家に生まれ、「母は白専女《しらとうめ》といったが、白専女は老狐のことであるから、狐を使った呪術師か、巫女のような女性であったかも知れない」（私の古寺巡礼　葛城山をめぐって）と祖母はいう。幼時から天才的な資質に恵まれていた小角は、十三歳のとき、葛城の山中に籠もって修行したという。

奈良の西にゆったりと美しい山容を現す葛城、金剛の山々には、有史以前から土蜘蛛という原住民が住み、「飛鳥は日本のふる里といわれるが、神武天皇以来、いやそれ以前から開けていた葛城地方こそ、大和文化の発祥の地だといえる」（かくれ里　葛城のあたり）と祖母は記す。だが、あまりに古すぎてはっきりしたものが残っていない。が、かえってそこに祖母は興味をもち、「原始のままの風景や信仰ほど、人の想像力をそそるものはない」（同前）と得体の知れぬ葛城の魅力にひかれていくのであった。

葛城は諸国を平定した神武天皇が国見をし、「まことに美しい国を獲たものである。蜻蛉《あきつ》の臀《と》呫《なめ》（とんぼが交尾している形）のように見える」（私の古寺巡礼　葛城山をめぐって）と言ったことから、日本の別名、「秋津《あきつ》洲《しま》」という言葉が生まれた場所。二代綏靖から九代の開化天皇まで、歴史家は「欠史」とし、偽造されたものだという説があるのだが、「古事記も、日本書紀も、神話を総括し、伝説を整頓しただけで、作り話は一つもない。伝説とフィクションのちがいを、私たちはもっとはっきり心得ておくべきだと思う」（かくれ里　葛城のあたり）とする。

祖母は葛城を歩き、雄略天皇を退けた一言主神社、賀茂族と縁深い高鴨神社や鴨津波神社、高天という地名や、武内宿禰の宮山古墳、そして九品寺からの大パノラマに、「葛城が神山とされたのも、葛城一族が大和に君臨したのも、このような眺望にふれると合点が行く」と述べる。前述の「原始のままの風景や信仰ほど、人の想像力をそそるものはない」である。

このような故郷の地で、自らの神を求めて、狂人のように山野を駆け巡った小角を、

……自然の景色自体が、古代信仰と仏教が合体した、一つの形のように見えてならない。別の言葉で

高鴨神社の池に映る金剛、葛城の山並

いえば、神がかりの天才児小角は、仏教を通じることによって、はじめて自分の神にまみえることができたのである。

それは険しく、苦しい道であった。大体修験道の本質が、苦行をすることで自我を滅する、或いは捨身の行によって、万人の贖罪《しょくざい》を一身にひきうけるという思想だが、仏教の方でいう人身供犠と、原始信仰で行われたいけにえは、そういうところでも一致したと思う。そして、ついには自分自身が神に変身する、そういう考え方も、仏教の即身成仏に似ていた。（かくれ里　葛城から吉野へ）と、仏教ではありながら、日本の自然信仰とを結びつけて、「日本の場合、自然信仰の長い伝統があったから、高度の仏教を素直に受け入れることができたのである」（同前）と結論付けたのである。

小角は、箕面の山中で、「龍樹菩薩」に出会い、金剛山で「事代主」が現れる。吉野、大峯山中では、釈迦如来が、次に観音さまが現われるのだが、小角が求めた神の姿ではなかった。さらに祈っていると、怖ろしい荒神である蔵王権現が現出したのである。左頁の吉野蔵王堂の蔵王権現立像をみてもらえば明らかで、「大忿怒大勇猛」、お不動さんが一層進化したようなお姿だ。

蔵王権現は、いってみれば日本の山の神と、外来

霞み棚引く吉野山夕景

金峯山寺◆きんぷせんじ
奈良県吉野郡吉野町吉野山
Tel 0746-32-8371　http://www.kinpusen.or.jp/

の仏教が合体して生れた信仰の対象である。この時から「神仏混淆」（または習合）と呼ばれる特種な思想が形成されて行くが、役行者一人の功績ではなかったにしても、そのもっとも素朴な姿が、彼の発見によることは疑えない。（私の古寺巡礼　葛城山をめぐって）

さらに、「蔵王は日本人が創造したもので、しかもその仏を、神人が発見したところに、大きな意味があると私は思う」（かくれ里　葛城から吉野へ）と綴るのである。役行者の諡名の「神変大菩薩」がそれを証明しているようだ。

吉野まで足を延ばした祖母。花矢倉から葛城連山を眺めたのであろうか、岩橋の伝説は葛城で生まれ、吉野で開眼した小角に相応しい伝説だと感慨にふける。

……葛城《かずらき》山で修行した役行者が、吉野山を開いたのは奈良時代のことである。葛城から吉野へ岩橋をかけたという伝説は、おそらく山岳信仰の橋渡しをしたことの比喩であろうが、行者は本尊を求めて山中をさまよい、さまざまの苦行のあげく、蔵王権現《ざおうごんげん》を感得する。これこそ日本にはじめて生れた山の神の具象化で、神仏混淆《こんこう》の思想は、山岳信仰に起ったといっても間違ってはいないと思う。（西行　吉野山へ）

役行者にはじまる吉野から大峯への山岳信仰のエネルギーは、約百年後の弘法大師により完成期を迎えたのだ。役行者が生れた葛城の王朝は、新しい仏教の神を現出出来ずに衰えていくことになる。葛城の神は、

今でもこの地方には、神社はたくさんあっても、お寺は少ない。おもうに誇り高い古代豪族の葛城氏は、仏教をうけいれることを肯《がえん》ぜず、終始神の信仰を守りつづけたのではなかったか。大和の神社が仏教をとり入れて、もしくは利用して発展して行った中で、頑強に神の信仰を守りつづけたに違いない。そこに衰退の原因があった。（名人は危うきに遊ぶ　葛城の神）

葛城を歩いていると、どこか寂しさを感じるのは僕だけではないだろう。

蔵王権現立像（旧安禅寺蔵）　鎌倉時代　木造
高459.0　金峯山寺

［右］吉野水分神社
［左］役行者神変大菩薩　鎌倉時代
木造　高91・5　櫻本坊

この神社には、有名な玉依姫の命の神像が祀ってあるが、水分というからには、吉野山ではもっとも古い霊地の一つであろう。女人禁制の山に、蔵王権現と並んで、美しい女神が在《おわ》すのはおもしろいことで、行者にいわせれば、それこそ陰陽合する所に万物は生ず、と説くかも知れない。密教には、手で結ぶ印にしても、祀られる本尊にしても、妙にエロティックな雰囲気があり、そういうものが古代のみあれの信仰と、うまく結びついたのではあるまいか。「山は産なり」で、なんでも生み出す力を持つものとして崇拝された。水分は、ミクバリからミコモリに転じ、コモリと化して多産の神様となったが、本質的に変ったわけではない。万物を生む神であってみれば、山は女体と見られたに違いないし、役行者が望んだのは、そういう女神と結婚することではなかったか。彼は山に憑かれ、山に恋した、生れながらの自然児であった。人間の女人を拒絶したのは当然のことである。（かくれ里　葛城から吉野へ）

櫻本坊◆さくらもとぼう
奈良県吉野郡吉野町吉野山1269
Tel 0746-32-5011　http://www.sakuramotobou.or.jp/

桜本坊には、これもまた有名な役行者の像がある。鎌倉時代の作で、ふつう行者像は老人の姿で現わされるが、これは十九歳の像とかで、精力的な若々しさにあふれている。仏像とちがう所は（これは老体の場合もいえることだが）、薄気味わるいほど人間くさいことで、悟道とか諦観といったものからは程遠い。その生々しさが、庶民の共感を呼んだので、山を崇めた古代の信仰が、山を踏破する行により、はじめて自分のものとして、身近に感じられたのではなかろうか。（同前）

東大寺の後戸
良弁 実忠 行基

七四五年、恭仁京、紫香楽宮、難波と五年程流転した都が、再び奈良、平城京へと戻ってくる。聖武天皇は仏教を国家の礎にするため、東大寺に大仏を鋳造し、その七年後には盛大な大仏開眼供養が行われた。難事業であったのは明らかで、仏教の施設であるにも関わらず、和気清麻呂を大分にまで派遣し、宇佐八幡という神様の力をかりたのである。今でも東大寺の鎮守として手向山八幡宮があり、第二章にのせた薬師寺に残る三体の神像がその経緯を証明している。八幡神と仏教が結びついて、僧形八幡神座像といった姿が生み出されたのだ。

さて、表向きの話はそのくらいにして、大仏の建立に際しての裏方に、大きな力を発揮したのが修験者であった。

役行者が亡くなった後、大和にはその遺志を継ぐ人々が何人も現れた。天平時代の行基もその一人で、純粋な行者とはいえないが、やはり山岳において修行した人物である。東大寺を建立した良弁も、お水取りをはじめた実忠も、弘法大師空海も、伝教大師最澄も、みな山へ籠って心身を鍛練した。彼らは一流の医師であるとともに、科学者であり、土木の技術者でもあった。役行者が妖術を使ったといわれたのも、病人や怪我人を治療したからで、山を歩いている間に、薬草のことを知りつくしていたに違いない。（私の古寺巡礼　葛城山をめぐって）

彼らは山と里を行き来し、貴族の間で流行った仏教を民衆にまで広げ、衆生の救済に尽くすことで信頼を得ていったのである。

祖母が眼をつけたのは、紫香楽宮の北側に位置する金《こん》勝寺《しょうじ》を中心とした大規模な信仰である。この寺は聖武天皇が良弁に命じて建立され、ある伝記によると、良弁は金勝山の麓で生まれたという。「東大寺にある良弁の彫像は、どことなく外国人らしい風貌を伝えて……」と祖母の、渡来人に対する並々ならぬ好奇心と愛着に火がついたのである。

山門の手前の草むらに、「下乗」と書いた美しい板碑が立ち、さすが石の近江だけあって、こんな路傍にもみごとな石造美術が残っていると思う。朽ちかかった本堂の中には、釈迦如来が端坐し、横手のお堂には、巨大な軍荼利《ぐんだり》明王が、腕を組み、物凄い形相で見下ろしている。四メートルもある一木造りの彫像で、昔はたくさんあった堂塔の中に、このような群像が並んでいたのであろう。金勝寺は奈良の都の鎮護の寺であったというから、このような仏像を置いたのだろうが、ただ一つ残る明王だけ見ても、

良弁僧正坐像　平安時代
木彫彩色　高92.4
東大寺開山堂

東大寺◆とうだいじ
奈良県奈良市雑司町406-1
Tel 0742-22-5511　http://www.todaiji.or.jp/

当時の壮観がしのばれる。（かくれ里　金勝山をめぐって）

祖母はこの山の隅々まで歩き、残されたこのような仏像や石造美術に、「金勝寺が都の鎮護とされたのも、紫香楽の宮なら合点が行く」とし、聖武天皇がまるで憑かれたようにあちこち都をうつしたのを、奈良の勢力から解放されんがために違いないとした。天皇を助けたのは良弁をはじめとする渡来人で、東大寺の材木や、大仏に必要な金などの原料をかれらが手配したのだ。瀬田にある西国札所石山寺を建てたのも良弁で、木津川を水路として利用し、物資の輸送ルートを確保したのだった。財政的な裏付けを必要とするのは、いつの時代もかわらないのである。

東大寺のお水取りで有名な修二会をはじめたのは、良弁の高弟だった実忠和尚である。実忠は東大寺建立に当り、奈良の東にある行場、笠置山に籠り、十一面悔過《けか》法を修し、東大寺に伝えたのである。以来千二百数十年にわたって、一度も欠かすことなく行われているのだ。

東大寺建立という国家事業の裏には近江という土地があり、壬申の乱も渡来人と大和民族との戦いであったと

［右］金勝寺　軍荼利明王立像　平安時代　木造　高360.5
［中］金勝寺参道に立つ下乗石
［左］金勝山国見岩より三上山を望む

する。

ほんとうに近江は広い。底知れぬ秘密にうもれている。それは良弁像の、あのおおらかでいて、深く思いに沈んだ表情に似なくもない。大陸と日本が出会う接点として、また奈良や京都の舞台裏として、近江は私にとって、つきせぬ興味の宝庫である。

(同前)

良弁らは大陸と日本を結びつけるのに苦労した者たちで、民衆の信頼が厚い知識人だったのであろう。

……「国見岳」という見晴らしのいい場所があり、東の方に、金勝山一帯が眺められる。大きな白い岩がかたまっているのは、古代の祭祀場の名残りであろうか。金勝族とよばれた人たちは、この上に立って、自分の国を見はるかし、金勝山を遥拝したことであろう。(かくれ里　金勝山をめぐって)

金勝寺◆こんしょうじ
滋賀県栗東市荒張 1394
Tel 077-558-0058(里坊)

磨崖仏は、聞きしに優る傑作であった。見あげるほど大きく、美しい味の花崗岩に、三尊仏が彫ってあり、小さな仏像の群れがそれをとりまいている。奈良時代か、平安初期か知らないが、こんなに迫力のある石仏は見たことがない。(かくれ里　金勝山をめぐって)

［右］狛坂廃寺の磨崖仏
［左］笠置の磨崖仏　虚空蔵菩薩

虚空蔵菩薩の石仏があり、これまた弥勒石におとらぬ巨巌である。こちらの方は彫刻もよく残っていて、こんなせまい場所でどういう風にして彫ったのか、天人が作ったという伝説が生れたのも、当然のことのように思われる。

（十一面観音巡礼　木津川にそって）

観菩提寺　十一面観音立像　平安時代
木造彩色　高206・2

笠置から木津川にそって、十分ほど溯ると三重県に入る。そこに島ヶ原という集落がある。その北側の高台に、観菩提寺という古刹があり、一般には「正月堂」と呼ばれている。本尊は六臂の十一面観音で、藤原初期の作ということだが、山間にある十一面の中では、もっとも古様で、重厚な姿をしている。仏教の方では、古密教とか雑密とかいうのであろうが、暗い本堂の中で拝んだ時には、何ともいえず神秘的な印象をうけた。仏像というより、神像に近い感じがした。(十一面観音巡礼　木津川にそって)

正月堂観菩提寺◆しょうがつどうかんぼだいじ
三重県伊賀市島ヶ原1349　Tel 0595-59-2009
本尊の十一面観音像は秘仏　33年毎に開帳される
次回は2015年

第五章 十一面観音巡礼

秋の三輪山

聖林寺

祖母がはじめて聖林寺を訪ねたのは、昭和七、八年の春、二十二、三歳のことである。和辻哲郎さんの『古寺巡礼』を頼りに、桜井駅で下車し人に尋ね探し歩く。まずはこの寺のご本尊である、お地蔵さまを拝む間に、ご住職は雨戸をあけてくださった。

さしこんで来るほのかな光の中に、浮び出た観音の姿を私は忘れることが出来ない。それは今この世に生れ出たという感じに、ゆらめきながら現れたのであった。その後何回も見ているのに、あの感動は二度と味えない。世の中にこんな美しいものがあるのかと、私はただ茫然とみとれていた。（中略）

くずれかけた縁へ出てみると、後側からは全身が拝めた。私はおそるおそる天衣の裾にさわってみて、天平時代の乾漆の触感を確かめてみた。それは私の手に暖く伝わり、心の底まで深く浸透した。とても鑑賞するなどという余裕はなく、手さぐりで触れてみただけである。それが十一面観音とのはじめての出会いであった。（十一面観音巡礼　聖林寺から観音寺へ）

観音像は国宝指定第一号の仏像としてあまりにも有名になった。発見したのは明治政府の依頼により、立ち塞がる僧侶を押しのけ、法隆寺の救世観音をご開帳した、かのフェノロサである。この十一面観音は、明治の廃仏毀釈の際に、大神神社の神宮寺から聖林寺へ荷車にのせて運ばれてきたのである。

神仏分離令によって、損害をこうむった寺はここだけではないが、それにしてもひどい仕打ちをしたものである。

本尊を失った社殿の中は、がらんとして、手持無沙汰に見えるが、一部にエンタシスを持つ太い柱の列は、奈良時代の古材を利用したものであろうか。全体に明るく、のびのびとした建築は、古い様式を止どめており、少しも抹香くさくないのが気持よい。ここに十一面観音が鎮座していた時は、どんなに美しかったことだろう、……（同前）

三輪山は山そのものがご神体という古い原始信仰をいまに伝えているが、山の神と十一面観音は同体の、神仏が習合した観音像なのである。

明治の廃仏毀釈までこの十一面観音を祀っていた大神神社の若宮（大神寺）

聖林寺◆しょうりんじ
奈良県桜井市下692
Tel 0744-43-0005
http://www.shorinji-temple.jp/

聖林寺　十一面観音立像　奈良時代
乾漆造　高209・1

こもりく

『十一面観音巡礼』「こもりく　泊瀬」の章は、近江で出会った観音像の記述ではじまっている。

先年、近江を廻っていた時、穴太《あのう》の盛安寺という寺で、美しい十一面観音にお目にかかった。土地の言伝えでは、かつて崇福寺に祀られていたとかで、寺の横手のささやかなお堂の中に安置してあった。したがって、盛安寺はただ管理しているにすぎないが、村には強い信仰が残っており、毎月十八日には大勢人が集って、観音講が催されるという。近江にはそういう所が多いが、そんな時もお厨子は開かず、殆んど秘仏のようになっている。信心深い人々にとって、仏像を見ることは問題ではなく、見たら目がつぶれると信じているに違いない。（中略）

製作年代は平安初期、十一面四臂という珍しい形式である。多くの災害を経て来たにしては、彩色もよく残っており、右手に錫杖を持ち、岩座《いわくら》の上に立っておられる。錫杖というのは、お地蔵さんの持物だが、十一面観音と地蔵はいわばコンビの仏で、前者が天を現わすとすれば、後者は地を示す。陰陽和合の相などともいわれ、よくいっしょに祀ってある。その二つを更に合体したものが、この観音といえるかも知れない。お顔も何となく地蔵様に似ており、全体に柔和すぎる嫌いがなくもない。が、それは時代のなす所で、そんな風に変化して行くところに、観音様の特徴がある。（十一面観音巡礼　こもりく　泊瀬）

祖母は長谷寺の本尊との類似点を指摘するのだが、天智天皇が近江京の鎮護寺として建立した崇福寺の唯一の遺品というのに興味を覚えたに違いない。祖母が子どもの頃、もっとも興味を持ったのは、壬申の乱の人物模様だったのである。

崇福寺塔心礎納置品　白鳳時代（7世紀）
崇福寺（京都国立博物館寄託）

盛安寺◆せいあんじ
滋賀県大津市坂本1-17-1
Tel 077-578-2002

盛安寺　十一面観音立像　平安時代初期
木造漆箔　高179・1

水神

祖母と室生寺へお参りするとき、お寺の門前を通り過ぎて、先に手を合わせに行ったのが龍穴神社だった。鬱蒼とした杉の大木の中で、「ここは室生の元なの」と一言呟いた。祖母は何事も原点を大事にしていたと思う。本当の「龍穴」はこの奥の谷間にあるのだが、「室生のことをムロと呼んでおり、昔から神がこもるミムロとして畏敬されていた。龍神と結びついたのは、仏教が渡来した後のことで、日本に古くから伝わった山の神、水の神と混淆したにすぎまい」と場所は変れど、わが国の基本形は揺るぎがないということだ。

旅の途中、祖母は室生の大野に龍神の面があることを思い出す。龍神は雨乞いの祈りの神様で、それに申楽は絡み合い、いまに伝わる謡曲には、龍神を扱ったものも多い。室生は龍神信仰から発達した寺で、十一面観音をお参りしながら、仏像と能面について思う。

仏像と能面の間には、本質的な差別はない。仏師が一番力を入れたのは、何といっても仏様の顔であろう。仏像彫刻が衰微した時代に、顔だけに集中した能面作家は、絵画と彫刻の中間にあるような、一種のレリーフを造りあげることに成功した。工芸品へ近づいたともいえるが、それは仏像から直接生れた子供であり、面打も最初の頃は仏師であった。その目的も人間を現すことではなく、神仏もしくはそれに近いものを表現することにあった。（十一面観音巡礼　**水神の里**）

「飛出《とびで》」という龍神の面は、龍穴神のご神体として、お寺の檀家に秘蔵されていたのである。

室生村の龍神面「飛出」
正福寺（奈良国立博物館寄託）

室生寺◆むろうじ
奈良県宇陀市室生区室生78
Tel 0745-93-2003　http://www.murouji.or.jp/

金堂は西側の扉から入るようになっており、入った所に十一面観音が立っていられた。お堂の中は暗くて、殆んど何も見えないが、ほのかな斜光の中に、観音様だけが浮び上り、思いなしか今日はことさら尊く見える。（十一面観音巡礼　水神の里）

室生寺　十一面観音立像　平安時代初期
木造　高196・2

榧

法華寺は法華滅罪之寺ともいい、奈良市の中心部から西へ行ったところにある。ここは藤原不比等の邸宅跡で、奈良の国分寺である東大寺が建立されたとき、光明皇后の御願により、国分尼寺として創立され門跡寺院としていまに至っている。祖母は門跡の久我高照氏と懇意にしており、辺りのウワナベ・コナベとともに、大好きな散策コースの一つなのである。

久しぶりにお目にかかる十一面観音は、やはりすばらしい彫刻であった。観光が盛んになって以来、方々で写真に接するが、どれもこれも気にいらない。太りすぎて、寸づまりに写るからである。（十一面観音巡礼　幻の寺）

本尊であるこの十一面観音は、光明皇后のお姿を写し、白檀の香木に彫刻したと伝えている。このような仏像を「檀像」と呼ぶと、一章の「樟」のところで述べたが、素材は「榧」である。

祖母は光明皇后をモデルにしたとの寺伝について疑念をもつ。そして、

……観音のお顔が多少異国風な所から、考えついた伝説であろう。時代も合わないし、作風も違っている。古くからの言伝えで、法華寺では、光明皇后の御影《みえい》として、尊敬と親しみの念をもって仕えている。それは信仰上の問題であるから、口をさしはさむべきではないが、いささか異様に見える強い表情と、妖しい雰囲気のただよう姿態から、光明皇后のイメージをひき出すことは困難である。（同前）

もし大胆な想像が許されるならと断りつつ、

……創建当時の仏像はわりあい早くに失われ、かわりに同じような十一面が造られたのではあるまいか。そして、そのモデルは、「皇后の御影」という伝承に則って、弘仁時代の檀林皇后ではなかったか。（同前）

との仮説をたてるのであった。

［右］雪の檀林皇后陵
［左］法華寺　十一面観音立像　平安時代初期
木造　高100.0

法華寺◆ほっけじ
奈良県奈良市法華寺町882
Tel 0742-33-2261
http://www.hokkeji-nara.jp/

西ノ京

「美しいものに出会わないと、書く気が起らない」というのは祖母の特質の一つだが、あるものがきっかけとなり旅に出ることも多かった。

奈良の博物館で、美しい十一面観音を見た。薬師寺から寄託されているとかで、有名なものらしいが、私ははじめてであった。檜の一木造り、等身大（一・八〇メートル）のゆったりした仏像で、天平もはじめの頃の作である。聖林寺観音のような軽快な動きはまだ現れず、といって密教的な重苦しさもなく、ひと気のない収蔵庫の中に、ほのぼのとした感じで立っていられた。彩色が落ちた跡に、ところどころ胡粉の下地が残り、それが檜の肌にとけ合って、うす桃色に染っている。両足も両腕も（右手は指先まで）後補と聞くが、それでもなおかつこのように美しいのは、よほど原型がしっかりしているのであろう。こういう観音様を眺めていると、心の底から和やかな気分になる。もし光明皇后をモデルにした仏像があるとしたら、私は法華寺の本尊より、こちらの方がふさわしいと思った。（十一面観音巡礼　秋篠のあたり）［74頁写真］

長い間ご無沙汰だった薬師寺をお参りした。まだ写経によって金堂を再建しようとする高田好胤管長ご存命のときで、西塔まで再建が叶った現状に、天国の祖母はなんと思うだろうか？　祖母は先の仏像を、「もし薬師寺に西塔が建つ日が来たら、あの美しい天平の十一面観音を、ぜひその中に安置して頂きたいと思った」と願っている。

唐招提寺　十一面観音押出仏
奈良時代　銅造　高28.2

唐招提寺◆とうしょうだいじ
奈良県奈良市五条町13-46
Tel 0742-33-7900
http://www.toshodaiji.jp/

そのときは時間があったので、唐招提寺にも立ち寄り収蔵庫で、はじめてみる十一面観音に、「大寺の底は知れない」と、十一面観音の巡礼をしていなかったら一生気付かなかったであろうと記す。

この秋篠の辺りは、随分と歩いたようである。祖母は景色をみながらその裏側にひそんでいる歴史に思いを馳せたのである。

夕暮れの薬師寺東塔

昔、私は、この辺をよく歩いた。秋篠寺で、甘美な伎芸天の魅力を満喫した後、山門を出ると、遠くの方に喜光寺（菅原寺ともいう）の屋根が望めた。ルオーの絵にあるような野中の一本道を辿って行くと、漫々と水をたたえた垂仁陵があらわれ、薬師寺の塔が見えて来る。今思い出してみても、それは胸のおどる風景であった。私が歴史の姿を垣間見たのは、あの頃のことであったかも知れない。もし言霊というものがあるならば、自然の景色にも魂があっていい筈だ。それはたとえば葦手書のように、ささやかな水の流れ、草の葉末にも、言葉がかくされており、辿って行くとやがては一つの歌になる。歴史になる。そういう風に見る習慣が、いつの間にかついてしまった。（同前）

これが祖母の紀行文の本質だと思う。

登美の小河

ここでも奈良博物館でみた一風変った十一面観音に興味を覚えるところではじまっている。次頁の観音像がそれである。

大和の勝林寺という寺に、一風変った十一面観音がある。現在は奈良博物館に保管されており、榧《かや》の一木造り、等身大の仏像で、漆でかためたように黒光りがしている。こういう彫刻を、「和風檀像」と呼ぶと、博物館の上原昭一氏が教えて下さったが、そこから受ける感じはけっして「和風」ではなく、印度の女神像のように官能的である。殊にくびれた胴から腰へかけての線はなまめかしく、薄ものの天衣を通して、今や歩みだそうとする気配がうかがわれる。十一面観音にはよく見られるポーズだが、この観音の場合は、極端に細い胴と、豊満な腰のひねりによって、その動きが強調され、太っているわりにはひきしまって見える。大和の平野でなくては、このように端正な仏像は生れなかったであろう。
（十一面観音巡礼　登美の小河）

勝林寺は法隆寺のあたりだと聞いていたので、法隆寺へお参りしたついでに祖母は立ち寄っている。薬師寺の場合についても同じことだが、「美術品はその生まれた場所で見るに限る」という信念と、生涯現場主義をつらぬいた祖母らしい。

日本の信仰は、山と川によって発展したといっても過言ではない。十一面観音は、たしかに仏教の仏には違いないが、ある時は白山比咩、またある時は天照大神、場合によっては悪魔にも龍神にも、山川草木にまで成りかねない。そういう意味では、八百万の神々の再来、もしくは集約されたものと見ることも出来よう。（十一面観音巡礼　白山比咩の幻像）

ここでも富雄川に注目し、この観音像が飽波神社にあったことを知ると、アクナミの水神が変化した像だと確認するのである。様々なものに変化する十一面観音だが、富雄川を上流へと更に遡っていくのだった。その最深部にあるのが、王龍寺の十一面観音だ。だが、これは石仏だったのだ。

……私がもっとも心をひかれたのは、王龍寺のそれであった。長弓寺から少し下流の、ゴルフ場になっている一角に、深々と繁った杜があり、お寺はその中にひっそりと鎮まっていた。右側は清らかな渓流、左側は深い谷で、登って行くと瀧が落ちており、

薬師寺　十一面観音立像　奈良時代
木造　高191.5

勝林寺　十一面観音立像　平安時代
木造　高167.0

勝林寺◆しょうりんじ
奈良県生駒郡斑鳩町高安1-6-36
Tel 0745-75-5600

修験道の行場になっている。そのつきあたりの本堂の中に、驚くほど大きい十一面観音の石仏が立っていた。光背に建武三年の銘があり、丈五メートル、幅四メートルの巨巖は、あきらかに古代信仰の岩境《いわさか》であったことを示している。うしろは切り立った岩壁で、はじめは戸外にあったのを、いつの時代にか、お堂を造って安置したのであろう。このような石仏を私はいくつか見ているが、十一面観音ははじめてで、巨石の中から湧き出たような姿は、「本地垂迹」という思想を、実にみごとに表現している。（十一面観音巡礼　登美の小河）

おそらくこの地で修行した行者が彫ったものに違いない。仏像は金銅仏や乾漆だったものが、時代とともにご神体や霊木となった木そのものに刻むようになる。いわゆる一木造りと呼ぶもので、最初は勝林寺の観音像のような榧材に彫るようになる。では相応しい霊木がない場合どうしたのであろうか？

日本の信仰は原始からの自然信仰だと何度も繰り返しているが、石そのものがご神体であり、神が降臨する場と考えられていた。王龍寺のような磐《いわ》境は、正しくそうした場所で、日本に長らく根付いてきた自然の神様に仏を彫るという行為が行われた。祖母が「本地垂迹」という思想を「実にみごとに表現している」と述べたのはそうした意味なのである。祖母が「本地垂迹」を尊い思想だと考えたのは、今なお続く片寄った欧米崇拝が、鹿鳴館の頃とちっとも変っていないという不満もあったのだろう。

明治以降近代化がすすみ、生活は欧米化して久しい。六世紀に仏教が渡来し、二、三百年かけて、仏教そのものが変質し、日本人にあったものになる。これが「本地

王龍寺　十一面観音立像　室町時代　石造　高175.0

王龍寺◆おうりゅうじ
奈良県奈良市二名6-1492
Tel 0742-45-0616

垂迹」の核心なのだ。欧米化した現代の生活と、わが国の伝統とが見事な調和を果たす日を、祖母は夢見ていたのだと思っている。

本地垂迹という思想は美しい。が、完成するまでには、少くとも二、三百年の年月がかかっている。はたして私達は、昔の人々が神仏を習合したように、外国の文化とみごとに調和することが出来るであろうか。（十一面観音巡礼　白山比咩の幻像）

富雄川からはずれて西にそびえる松尾山に、祖母好みの仏像があるので紹介しておく。祖母は完全無欠なものより、どこか一癖あるものを好んだ。身近にあった「骨董」の好みもそうである。

それらの仏像と並んで、ひときわ目をひく彫刻があった。もはや彫刻とは呼べない、大きな木のかたまりである。頭も、手も失われ、全身真黒焦げに焼けただれているが、すらりと立ったこのトルソーは、いかにも美しい。私は立木観音というものを未だ見たことはないが、これは正しく自然の木に還元した菩薩の像である。地獄の業火に焼かれ、千数百年の風雪に堪えて、朽木と化したその姿は、身をもって仏の慈悲を示しているような感じがする。（十一面観音巡礼　龍田の川上）

……如来形の仏頭があることに気がついた。お顔だけでは薬師か釈迦かさだかではないが、しっかりした彫刻で、相当大きな仏像であったことがわかる。私の想像では、これが本来の「峯の薬師」ではなかったかと思う。（十一面観音巡礼　龍田の川上）

［右］松尾寺　如来形頭部残闕　平安時代
［左］松尾寺　焼損仏像残闕（千手観音像トルソー）　平安時代

松尾寺◆まつおでら
奈良県大和郡山市山田町683
Tel 0743-53-5023
http://www.matsuodera.com/

湖北の十一面

近江は祖母がもっとも愛した国である。日本で一番大きな湖を有し、古代から渡来人がうつり住んだ。琵琶湖を囲むように、湖東、湖西、湖南、湖北とそれぞれ特徴ある土地が点在する。越前へ抜ける北国街道は、長浜を過ぎると風景がどこか索漠と、湖北らしい旅情になる。この辺りには粒ぞろいの十一面観音の名作が数多く残っている。

……渡岸寺の十一面観音は、貞観時代のひときわ優れた檀像で、それについては多くの方々が書いていられる。こういう観音に共通しているのは、村の人々によって丁重に祀られていることで、彼らの努力によって、最近渡岸寺には収蔵庫も出来た。が、私がはじめて行った頃は、ささやかなお堂の中に安置されており、索漠とした湖北の風景の中で、思いもかけず美しい観音に接した時は、ほんとうに仏にまみえるという心地がした。ことに美しいと思ったのはその後ろ姿で、流れるような衣文のひだをなびかせつつ、わずかに腰をひねって歩み出そうとする動きには、何ともいえぬ魅力があった。（近江山河抄

伊吹の荒ぶる神）

昨今、東京の博物館の展覧会にも出品されるなど、祖母が取り上げるまでも無く、世に知られた国宝の観音像である。

寺伝によると、四章はじめに述べた泰澄大師が、聖武天皇の勅命により造ったと伝えられている。

十一面観音とは、観音が様々に姿をかえて人を救済することを現わし、悪をもって悪を制するという意味をも含んでいる。祖母は、「渡岸寺の観音の作者が、どちらかと云えば、悪の表現の方に重きをおいた」ことに注意し、背面にある暴悪大笑面は、

……悪を笑って仏道に向わしめる方便ということだが、とてもそんな有がたいものとは思えない。この薄気味わるい笑いは、あきらかに悪魔の相であり、一つしかないのも、同じく一つしかない如来相と対

向源寺　十一面観音立像
平安時代初期　木造　高194.0
右は背面の暴悪大笑面
観音像は同寺に属する渡岸寺観音堂に祀られている

向源寺◆こうげんじ
滋賀県長浜市高月町渡岸寺87
Tel 0749-85-2632

湖北　稲架のある風景

応しているように見える。大きさも同じであり、同じように心をこめて彫ってある。してみると、十一面観音は、いわば天地の中間にあって、衆生を済度する菩薩なのであろうか。そんなことはわかり切っているが、私が感動するのは、そういうことを無言で表現した作者の独創力にある。平安初期の仏師は、後世の職業的な仏師とはちがって、仏像を造ることが修行であり、信仰の証しでもあった。この観音が生き生きとしているのは、作者が誰にも、何にも頼らず、自分の目で見たものを彫刻したからで、悪魔の笑いも、瞋恚《しんい》の心も、彼自身が体験したものであったに違いない。（十一面観音巡礼　湖北の旅）

祖母は、渡岸寺の十一面観音を泰澄大師が彫ったというのは、にわかには信じられないにしろ、泰澄が白山で感得した十一面観音は、まさしくこうした姿をしていたと考える。これを彫った仏師は、泰澄と同じ気持ちになり、十一面観音を開眼した。「ものを造るとは、ものを知ること」であって、知るというのは知識ではなく、身をもって体現し、感じることなのである。

祖母は仏像に限らず美術品は、その生まれた場所でみると格別な味わいがあると力説したが、昔は「茫々とした草原の中に、雑木林を背景にして、うらぶれたお堂が

鶏足寺　十一面観音坐像と猿の神像

建っていた」ようだ。新しい収蔵庫が建って、観光寺院などに発展して貰いたくないと危惧をかくさない。時代はうつり、昨今以前にも増して、立派な展示室が誕生した。仏像を単に美術品として鑑賞する立場なら、環境は格段によくなったと言える。この近くにはまだ、村の人々が交代で仏像の番をしているところがある。泰澄が開いた鶏足寺もその一つだ。

己高閣《こたかみ》とも言って、収蔵庫が本堂のようになっている。その前に集会所のような小屋があって、そこに声をかけて開けて貰うのはいまもかわらない。祖母はなかでも猿の神像に惹かれ、この辺りを再興した比叡山の最澄が、白山信仰を吸収したことを感じる。言うまでも無く猿は、比叡山の地主神である日吉大社の神のつかいだ。48頁に載せた十一面観音が、日吉神社に蔵されているのも天台の勢力拡大と決して無縁ではあるまい。

その近所の石道寺の十一面観音も、同じようにお堂の脇で村人がお守りしている。

……一木造り等身大の藤原彫刻は、まことに古様で、美しい。微笑をふくんだお顔もさることながら、ゆるやかに流れる朱《あけ》の裳裾の下から、ほんの少し右の親指を反らし気味に、一歩踏み出そうとする気配には魅力がある。法華寺や室生寺の十一面観音も、

鶏足寺◆けいそくじ
滋賀県長浜市木之本町古橋
寺は地元の自治会が管理

同じように親指をそらしているが、多くの人の心をとらえるのは、あの爪先の微妙な表現にあるのではないか。（近江山河抄　伊吹の荒ぶる神）

と祖母は仏像の足が気になっている。仏様が一歩踏み出し、衆生に近づこうとしている姿だとした。だから、村人は十一面観音像を信仰し、大切にしているのであろう。

十一面観音は、日本の聖母マリアである。不動明王や蔵王権現とは、表裏一体をなしているが、荒神の残影はみな宝冠の飾りに化けてしまった。もろもろの善業悪業の重荷に堪え、童子の笑みを浮べた観音は、そうして私たちの方へ近づこうとする。そのやわらかい足の親指のふくらみは、一歩踏み出すということが、人間にとっていかに至難なわざか、無言のうちに語っているように思われる。（同前）

[右]石道寺　十一面観音立像　平安時代中期
木造彩色　高173・2
[左]大平観音堂　円空作　十一面観音立像　江戸時代初期
木造　高180・5

石道寺◆しゃくどうじ
滋賀県長浜市木之本町石道寺は地元の自治会が管理

別格 円空仏

「円空には人がいう程私は興味を覚えないが、この観音像は印象に残っている」とする十一面観音像が、湖北にある。太平寺は以前、伊吹山中にあったのだが、セメント会社に買われ現在の山麓に移されたようだ。祖母は伊吹を眺め、「むざんにけずられた白い山肌を見る度に、自然の恵みに感謝をささげ、自然の恐しさを畏怖した人々とは、雲泥の差があることを思ってみずにはいられない」（近江山河抄　伊吹の荒ぶる神）と現代を嘆く。祖母はその観音像に、十一面観音が誕生する以前の、「立木観音」を彷彿とさせるものを感じた。

銘文には、伊吹山の桜の木で、一日で彫り上げたと記してあり、高さ二メートルばかりの細長い木像である。何か霊感のようなものを得て、一気呵成に彫ったのであろう。荒っぽい鉈の跡に、烈しい気魄が現われている。窮屈な格好で、水瓶《すいびょう》を握りしめ、一心に何事か念じている姿は、仏像というより神像に近く、「立木観音」というものの原型を見る思い

大平観音堂◆おおひらかんのんどう
滋賀県米原市春照
寺は地元の保存会が管理

がする。衣文が鱗形をしているのは、人魚のような印象を与えるが、伊吹山の龍神信仰を現わしているのかも知れない。（同前）

この十一面観音像については、別の機会にも綴っている。

それは作者の息づかいがじかに伝わって来るような、迫力にみちた観音像であった。円空の彫刻には、誰でもそういうことを感じるが、時には表に出すぎて、内面的な力に欠ける場合もある。が、この観音様はちがっていた。おそらく素材に制約されたのであろう、窮屈そうに肩をすぼめて、宝瓶をにぎりしめ、鱗形の天衣をまとった長身からは、鬱勃とした精気がほとばしるようであった。悲しいような、寂しいような微笑を浮べた表情にも、孤独な人の魂が感じられる。お腹を前へつき出して、腰をひねった恰好は、当人は「遊び足」のつもりだったかも知れないが、私には自然の樹木のよじれのように見え、十一面観音が誕生する以前の、「立木観音」を彷彿とさせる。（十一面観音巡礼　湖北の旅）

泰澄が白山で十一面観音を感得したように、修行僧であり仏師である円空は、伊吹山に籠もり、日夜交わった桜の木に、十一面観音が現われたに違いない。円空はこの眼で見た観音像の生きた姿を刻んだのであろう。好きな円空仏は少ないとしながら、気にいったのが、上の歓喜天である。

……荒子観音堂の歓喜天がある。歓喜天とは聖天様のことで、男女の象頭人身の神が抱擁しており、左の象の頭に、飾りのようなものが見えるが、十一面観音の化身であろう。印度には古くからあった民間信仰だが、日本では鎌倉時代からはやりはじめ、今でも十一面観音を本尊とする寺には、聖天様を祀っている所が多い。中でも生駒の宝山寺は、円空と

荒子観音寺　円空作　歓喜天
江戸時代初期　木造　高12.5

荒子観音寺◆あらこかんのんじ
愛知県名古屋市中川区荒子町宮窓138
Tel 052-361-1778

千光寺　円空作　観音群像　江戸時代初期　木造　高66.0～82.5

同時代の湛海によって創立され、現世利益をもって一世を風靡した。円空も庶民の要求に応じて、異形の仏を彫ったのであろう。たしかにそれは奇怪な姿であるが、私が見た歓喜天の中では、一番美しい。鎌倉時代の彫刻は、あまりに写実的で、卑猥なものが多いが、ここには性の歓喜を超越したやさしい安らぎがある。（同前）

これは鶏足寺の猿の神像と共通する、一種の民話的な美しさとし、円空は「旅の彫刻師の流を汲む、最後の一人」だとしたのだ。

千光寺◆せんこうじ
岐阜県高山市丹生川町下保1553
http://daien.senkouji.com/

この群像は、彼の晩年に造られたが、その頃になると、神仏の区別などどうでもよくなったに違いない。技法は極端に省略され、神も仏も木の魂のようなものに還元してしまう。いわゆる木っ端仏との違いは、巧くいえないが、神像の雰囲気があることと、小さいながら重厚な形態を備えていることだろう。性急な息づかいも、駆け足の騒々しさも、もうそこにはなく、粉雪の降りしきる中に、森々と立つ雑木林の静けさがある。円空はついに木彫の原点へ還った。いや、日本の信仰が発生した地点に生れ返ったというべきか。（十一面観音巡礼　湖北の旅）

信州の仏

避暑で軽井沢に滞在しているときも、十一面観音への興味は尽きることなく、信州の国分寺があった上田を中心に歩く。

私の目ざす大法寺は、その北側の山腹に建っていた。東山道が、保福寺峠を経て平野に出る、ちょうど入口のところである。

あらかじめお願いしておいたので、住職が観音堂へ案内して下さる。本尊は、平安中期の十一面観音で、みごとな入母屋造りの厨子に入っておられた。穏かなお顔が地蔵様に似ているのは、地蔵と十一面を一体とみなす思想の現れであろう。材は桂で、台座に木の根の部分を使ってあるのも、立木観音の伝統を踏襲していることに気がつく。一木造りというのは、技術が未熟だったわけではなく、信仰上の制約であったことが、こういう仏像に接すると納得が行く。蓮弁なども荒けずりで、実際の年代より、ゆったりと古様にみえるのが、地方作らしくていい。

大法寺　十一面観音立像　平安時代後期
木造　高170.9

大法寺◆だいほうじ
長野県小県郡青木村当郷2052
Tel 0268-49-2256

一体どんな彫刻家が、こんな山奥まで来て、自分の信仰のしるしを遺して行ったのか。寺の濫觴《らんしょう》さえ不明であるのに、作者の名など知る由もないが、江戸時代までは戸隠山の末寺であったというから、山岳信仰の仏師であったことは間違いがない。（十一面観音巡礼　姨捨山の月）

その近くの「大御堂」と呼ばれる智識寺に、三メートルを超える正しく立木仏という十一面観音がある。

「大御堂」の名に背かず、何もかも大きい。茅葺屋根の山門を入ると、広々とした境内があり、大木の繁みの中に、観音堂がどっしりと居坐っている。拝観の時間はとうにすぎていたが、お願いすると、快く扉をあけて下さる。ろうそくの火影のもとに浮び出た十一面観音は、想像していたよりはるかに美しい彫刻であった。地方作ではあるが、平安初期のしっかりした鉈彫りである。（同前）

もとは間近にそびえる神体山・冠着山の頂上近くに祀られていたという。三メートルを超える見上げるような観音像は、欅の生木がそのまま仏になったと思うばかりだ。

智識寺　十一面観音立像　平安時代後期
木造　高301.5

智識寺◆ちしきじ
長野県千曲市上山田八坂1197-2
問い合わせは観光協会（Tel 026-275-1326）

若狭の仏

古都奈良に春を告げるという「お水取り」。昔から深い因縁があるのが、同時期若狭の遠敷《おにゅう》で行われている「お水送り」の行事である。祖母が訪れたのはその行事がある三月、目的よりその道中に重きを置いた祖母、旅の道草は少々の雪では断念することはない。

……観音堂は、寺の前を左の方へ登った岡の上に建っているのだった。日は既に落ち、たそがれの光の中に、雪が青白く輝いている。大木の杉がつづく参道には、人の足跡もなく、新雪を踏んで登って行くと、やがて本堂に辿りついた。

**　室町時代ののびのびとした建築である。扉がきしみ、お厨子が開いて、すらりとした十一面観音が、ろうそくの火影のもとに浮び上った。思ったより華奢なお姿で、彩色が鮮かに残っている。大きな眼と、気品の高い唇、細くのびた指の美しさは、元正天皇の御影とされたのも、さもあらんと思われる。ワカサの名から聯想するわけではないが、こんなに若々しい観音様を私は見たことがない。時代は平安初期、檜の一木造りで、このような仏像が、都を遠く離れた僻地に残っているのは奇蹟としか思えない。それは当時の文化の高さを物語るとともに、天平時代に若狭が占めていた位置を、無言の中に語るようであった。（十一面観音巡礼　若狭のお水送り）**

感動の拝観を終えて、お堂を出る頃には、月が中天にかかっていた。山の上から眺める雪景色は、うぶな観音像のように美しかった。お参りを夕方に設定したご住職は、してやったりと思っていたかもしれない。

若狭の国一宮である若狭彦、姫神社。祖母は参拝した折り、京都国立博物館で見た、「若狭彦鎮守神人絵系図」を思い浮かべ、海幸彦、山幸彦の伝説は、ワタツミの神に奉じた海洋民族だと推測する。

若狭国の中心、一宮からは、小浜の街を見下ろす標高七一二メートルの神山、多田ヶ岳を拝むことができる。この辺りは仏教が渡来する以前から神山として崇められ、多くの神社仏閣が建立されて栄えた。寺のそばに多田神社があるが、明治の神仏分離令によって寺と神社にわけられたのである。心無い国の政策によって、社寺の歴史が不明な場合があるが、多田寺は多田ヶ岳の山岳信仰に、仏教が結びついたことは明らかだとする。

……今はささやかなお堂を残すのみである。が、そこに祀られている仏像はみごとなもので、薬師如

羽賀寺◆はがじ
福井県小浜市羽賀82-2
Tel 0770-52-4502

羽賀寺　十一面観音立像　平安時代中期
木造彩色　高146.0

来の両側に、日光・月光が並んでいる。いずれも地方作ながら、奈良時代の面影を残した彫刻で、三体のうちでは日光がもっとも古風で美しい。この日光菩薩は、実は十一面観音で、かつては多田ヶ岳の峯の上に祀ってあったのだろう。いかにも山の仏といったような素樸な笑みをたたえており、護摩の煙にいぶされて、全身が真黒になっている。（私の古寺巡礼　若狭紀行）

［右］多田寺　日光十一面観音立像
平安時代初期　木造
高154.8
［左］明通寺　深沙大将立像
平安時代後期　高254.0

多田寺◆ただじ
福井県小浜市多田29-6
Tel 0770-56-0894

小浜から海岸線にそって西へ行くと、絵のような入江が次から次へと現れ、前方に青葉山が見えて来る。山の頂上は、若狭と丹後の境になっていて、西国二十九番の札所、松尾寺がある。昔、巡礼の取材に行った時のことが、昨日のように思い出されるが、これからお参りに行く中山寺《なかやまでら》も、同じ青葉山の中腹に建っている。

山門を入ると、目の前にすばらしい眺望が現れた。今通って来た若狭湾から、和田の海、青戸の入江などが、微妙に入組んで一望のもとに見渡される。自然の環境は、人間の上にも影響を及ぼすのか、中山寺の住職夫妻も、まことに闊達な方たちで、直ちに本堂の扉をあけて迎え入れて下さる。本堂は檜皮葺のゆったりした建築で、広々とした風景の中にぴったりおさまって見える。

やがて、厨子の扉が開かれたとたん、私は思わず眼を見はった。そこには実に美しい馬頭観音が端座していられたのだ。馬頭観音は、三面八臂の忿怒相で、逆立つ頭髪の上に、馬の首を頂き、凄まじい形相で睨みつけているが、その姿体は柔軟で、気負ったところが一つもない。ことに手足の美しさは、さわってみたい衝動に駆られるほどで、そこには柔と

明通寺は大同元年(八〇六)、坂上田村麿の草創による古刹である。ゆずり木の大木で、三尊仏を彫刻したと伝え、昔は「ゆずりき寺」とも称したと聞くが、現在の山号も「棡山《ゆずりきざん》　明通寺」という。その名にふさわしい幽邃の境で、杉木立の中を登って行くと、右手にどっしりとした本堂が見えて来る。その向うに軽快な三重の塔も望める。ともに鎌倉時代(十三世紀)の堂々とした建築で、本堂の内陣には、藤原時代の薬師如来を中尊に、二体の脇士《わきじ》が祀ってある。脇士の降三世《ごうざんぜ》明王と、深沙大将《じんじゃだいしょう》は、特にみごとな彫刻で、いかにも山奥の寺らしい森厳の気にあふれている。
(私の古寺巡礼　若狭紀行)

明通寺◆みょうつうじ
福井県小浜市門前5-21　Tel 0770-57-1355

中山寺　馬頭観音坐像　鎌倉時代
木造彩色　高79.3

中山寺◆なかやまでら
福井県大飯郡高浜町中山27-2
Tel 0770-72-0753
http://nakayamadera.jp/

剛、静と動が、みごとな調和を保って表現されている。それは理屈ぬきで、観音の慈悲というものを教えるようであった。

（同前）

今年（二〇一〇年）は、三十三年目の本開帳の年に当たっている。祖母は三十三年前に偶然この仏と巡り会ったのである。

京都の仏

小学校に上がる前、半年くらい京都に住んだ祖母は、「空也念仏」を見に連れて行かれ、はじめて空也という名前を聞く。これがきっかけで、上人の伝記を読むようになる。その後も清水坂をあがったところに定宿があり、空也のお墓がある西光寺や、六波羅蜜寺が近所ということも手伝い、慣れ親しんでいく。六波羅は西国第十七番札所、今は秘仏となっている本尊十一面観音を拝したことがある。

さすがに堂々としたお姿で、全身を金箔でよそおい、ほのかな光を放っているのは、空也が感得した生身の観世音を、再現したものに相違ない。やはり都の仏師の作は、洗練されており、山の仏とはかなり異なった印象を与える。貞観時代のきびしい作風から、定朝風の優美な彫刻へ移って行く、その中間にある仏像といえるであろう。（十一面観音巡礼　市の聖）

秘仏十一面観音と並んで、収蔵庫にある定朝作の地蔵菩薩が祖母の目に留まる。「鬘掛地蔵」として有名なお地蔵さまで、寺には「地蔵縁起絵巻」という掛軸もある。

広沢の池から望む愛宕山

［右］地蔵菩薩立像　藤原時代　木造　高151.8
［左］空也上人立像　鎌倉時代　木造　高111.7
六波羅蜜寺（2点とも）

地蔵菩薩がみずから歩いて観音堂へ行く様子に、「やがて弥陀如来さえも、来迎されるようになるが、その先鞭をつけたのは、何といっても空也である。空也によって、仏教は、暗い御堂の中から、広い世界へ出、爽やかな風に吹かれるようになる。聖も山を降りて、民衆の間で布教するようになって行く」（同前）とし、空也は恵心僧都源信に先鞭をつけたという。

「市の聖」空也は、山の静寂を嫌ったわけではなく、愛宕山でしばらく修行したこともある。

愛宕山は、太古から信仰された神山で、東の比叡山に対して、都の西北を守る鎮護の山であった。これも私の想像にすぎないが、古代の山背《やましろ》の国の住民にとって、伝教大師が開いた叡山とは、比較にならぬ程古く、かつ重要な信仰の対象ではなかったかと思う。（同前）

土地の古いところ、原初を発掘するのが、祖母の流儀だった。愛宕山には月輪寺という空也ゆかりの寺があり、十一面観音も祀られている、と知れば健脚をいかして山へ登る。そして、「やはり仏像は、こういう所で拝観するにかぎる」と納得するのだった。

六波羅蜜寺◆ろくはらみつじ
京都府京都市東山区五条通大和大路上ル東
Tel 075-561-6980
http://rokuhara.or.jp/

もとは彩色があったらしいが、落剥して、唇に淡い朱を残しているのが美しく、六波羅蜜寺の本尊より、いくらか古いような感じがした。作風も密教的で、地方色が濃いが、それだけに力強い緊張感にあふれている。(十一面観音巡礼　市の聖)

月輪寺　十一面観音立像　平安時代初期
木造彩色　高168.8

月輪寺◆つきのわでら
京都府京都市右京区嵯峨清瀧月ノ輪町7
Tel 075-871-1376

第六章 かくれ里

油日神社

祖母の代表作は『かくれ里』というのは誰も異存のないところであろう。昭和四十四年から芸術新潮に二年間にわたり連載した。冒頭の「油日の古面」において、旅の真髄を述べている。

「かくれ里」と題したのは、別に深い意味があるわけではない。字引をひいてみると、世を避けて隠れ忍ぶ村里、とあり、民俗学の方では、山に住む神人が、冬の祭りなどに里へ現われ、鎮魂の舞を舞った後、いずこともなく去って行く山間の僻地をいう。（中略）秘境と呼ぶほど人里離れた山奥ではなく、ほんのちょっと街道筋からそれた所に、今でも「かくれ里」の名にふさわしいような、ひっそりとした真空地帯があり、そういう所を歩くのが、私は好きなのである。（中略）そのような所には、思いもかけず美しい美術品が、村人たちに守られてかくれていることがある。逆にどこかの展覧会で見て、ガラス越しの鑑賞にあきたらず、山奥の寺まで追いかけて行ったこともある。時には間違って別なお寺へ行ってしまい、意外なものに出会う時もある、といった工合で、そんな時私は、つくづく日本は広いと思うの

油日岳と神田の鳥居　滋賀県甲賀市

である。（中略）**肝心の目的よりわき道へそれる方がおもしろくて、いつも編集者さんに迷惑をかける。が、お能には橋掛り、歌舞伎にも花道があるように、とかく人生は結果より、そこへ行きつくまでの道中の方に魅力があるようだ。これはそういう旅の途上で拾ったささやかな私の発見であり、手さぐりに摘んだ道草の記録である。**（かくれ里　油日の古面）

一冊の本の魅力をこれほど簡潔に述べた文章は珍しく、「道草」の積み重ねを力説した。言い換えるなら祖母の人生そのものが、「道草」であり、「日本の文芸から旅をのぞいたら何も残らないといっていいほどで、巡礼もそうした生活の中から生れ、育って行った」という。西国巡礼での想いは、ますます強くなっていったのである。

旅のきっかけは、定番の一つ、「美しいものに出会うこと」。今回はある展覧会で見かけた「福太夫」の古面だった。いまでこそ検索すれば「油日神社」も簡単に見付けられようが、四十年前は地図で見つけた、「油日」という駅が唯一の頼りだった。いまもあまりかわらないが、流行だった団体旅行の旅を、「バスから押し出される観光客は、信仰とも鑑賞とも、いや単なる見物からも程遠い人種に違いない。ただ隣の人が行くから行く、そんなうつろな顔つきで、いってみれば、テレビや洗濯機を買うのとなんの変りもありはしない」と手厳しい。

百済観音や中宮寺の如意輪観音を例に、「近頃は色あせて見える」と言う。物体としての観音像は、かわってはいないのだが、「目垢」という言葉があるように、雰囲気や環境、それに信仰心とか、モノの輝きは愛情が注がれることで増していくもの。愛情を受けた子どもがちゃんと育つのとなんら変ることはなく、「田舎の片隅に、人知れず建つ神社仏閣は、そういう点ではずっと生き生きしている」と記す。村人の信仰と生活の中から生れ育ったものだからである。

探し当てた神社で古面を手にとらせてもらい、「手にとった触感といい、ほのかに残る彩色といい、近くで見

伎楽面　呉公　飛鳥時代　樟材彩色
31.0×20.0　東京国立博物館

るとひとしお美しい。裏面の彫りも見事である。この単純で、力強い彫刻は、決して片田舎の農民芸術ではなく、最高の技術を持った名工の作に違いない」としながら、これだけのものがどこから来たのだろうかと考え続ける。結果、飛鳥時代の伎楽面にいきつくのである。

むろん推古と室町時代では、格がちがうし、作りもちがう。だが、その凜然とした風貌は、ほとんど瓜二つといいたいくらいで、これは偶然ではあるまい。偶然というには、全体のおおらかな印象を、的確につかみすぎている。伎楽はおそらくギリシャから西域を経て、中国に渡り、朝鮮経由で、七世紀の頃、日本に将来された芸能だが、外国では滅びてしまったその伝統が、日本の片田舎にこうして生き残っていることに私は、不思議な宿命を感じた。そういう意味では、日本の国そのものが、世界のかくれ里的存在といえるのではないだろうか。（同前）

われわれの祖先は、外国のものであろうが、異常な好奇心と探究心をもって、外来の文化を吸収してきたのである。利休の高麗茶碗でも、柳宗悦の李朝白磁でも、名も無い工人が無心で作ったものの中から、たまたま生れた美しいものを、掘り出したのである。

福太夫の面　室町時代　木造彩色
油日神社

油日神社◆あぶらひじんじゃ
滋賀県甲賀市甲賀町油日1042
Tel 0748-88-2106

［右］櫟野寺「樹齢千年」の櫟の大木、1968年秋の勇姿
［左］櫟野寺　薬師如来坐像　平安時代　木造漆箔　高222.0

櫟野寺

帰りがけに油日神社の宮司さんに、「ここまで来たなら、櫟野寺も見ていらっしゃい。立派な仏像がたくさんあります」と声をかけられ、得意の道草で立ち寄ったのが櫟野寺だった。櫟野寺は八世紀末の草創で、最澄が延暦寺造営の材木をこの地に求め、櫟の生木に十一面観音を刻んで、ここの本尊とした。本尊は秘仏なので拝観は叶わなかったが、「巨大な厨子を中心に、二十体以上の藤原期の仏像が林立している様は、場所が場所だけに壮観である。丈六の薬師仏もあり、愛らしい菩薩の群れも並んでいる」。

　祖母は収蔵庫の中に、林のごとく居並ぶ仏たちを眺めながら、立木観音の信仰は、神仏混淆のもっとも純粋な形ではないかと考える。この辺りは櫟《いちい》の原始林でおおわれた秘境で、近くにある「丸柱」という地名のように、大仏建立の折にもこの辺りの材が運ばれた。そして良弁や最澄が材を求める際、まだまだ一般化していない寺院に材を提供してもらうため、都からきた僧侶が、美しい仏の姿を、神木に刻み付けることによって理解を得たのではないかと想像する。村人たちは新しい神が、神木から現われるのを見て納得し、材を奉納するようになったのかもしれない。

　祖母は拝観が叶わなかった三メートルを超える十一面観音坐像が、気になって仕方がなかった。それから五年後の『十一面観音巡礼』の取材に、思いをかなえている。

　本尊は三・三メートルに及ぶ巨大な座像で、秘仏であるため、この前は拝観できなかった。が、この度は特に開扉して下さるという。収蔵庫と本堂は別棟であるが、真中が巧い工合につながっており、ここでも本堂の方に、お供えが沢山あがっている。信仰の生きている村の人々の、苦肉の策であるに違いない。住職はしばらく厨子の前で、お経を唱えていられたが、厨子の扉は重いので、皆でお手伝いする。やがて、きしみながら開いた扉の中から、金色燦然たる十一面観音が現れた。大きい、というのが初印象であった。目鼻立ちも大ぶりで、全体にどっしりと、根が生えたような感じである。

（十一面観音巡礼　清水の流れ）

　さきの「立木観音」の想像そのままの観音坐像であったのだ。

櫟野寺　十一面観音坐像　平安時代初期
木造漆箔彩色　高312.0

櫟野寺◆らくやじ
滋賀県甲賀市甲賀町櫟野1377
Tel 0748-88-3890
http://www.rakuyaji.jp/

大蔵寺

大蔵寺へは祖母には珍しく、テレビ番組での訪問だった。狭い山道を、歩いて登っている間に、お寺にお参りする側に、お参りする心構えができてくると祖母はいう。これは自動車で乗りつけては味わえない、祖母が大事にしていた感覚である。そして、くちなしの甘い香りがただよってきて、樹齢千年はあろう大木に驚くのだった。

一休みして本堂へ。すくすくのびた高野槙の大木に感心していると、山の稜線にとけこんだ薬師堂、御影堂と鎌倉時代の建築で、「全体として軽快な感じがあり、細部にわたってこまかい心が通っている。たとえば御影堂の蟇股など、すっきりした彫刻で、こういう山寺にふさわしく、どこにも肩をいからした所がないのが気持い い」(かくれ里　宇陀の大蔵寺)と自然をたくみに取り入れた昔の建築物に目を奪われている。「神社も住居も、あたかも自然の一部のごとき感を与える。これは彼らがあらゆる物事に対して、敏感だったために他ならない。現代の生活は、人を神経質にさせるが、決して敏感にはしてくれない。過敏とは一種の精神の麻痺状態であると思う」(同前)。四十年前より現代人は、ますます加速して、自然に鈍感になってきているのではあるまいか。

建築に感心した祖母は、仏像には「こんな山奥に」と言ってあまり期待はしていなかった。だが、本堂の扉が開かれてそれは見事に裏切られることとなる。

実に美しい仏なのである。といっても、特別すぐれた彫刻というのではなく、あきらかに地方的な作なのだが、そこにいうにいわれぬうぶさ**があって、時代とか技術を超越したものが感じられる。殊にお顔がいい。推古仏に似た表情で、八尺八寸の長身から、無心に見おろしていられるのが、藤原初期よりずっと古様に見える。(中略)**

寺伝によると、この薬師仏は、境内にあった楠の大樹をもって造られたというが、やはり一種の「立木信仰」であろう。立木観音については、前にもちょっと記したが、こういう仏像を眺めていると、彫刻というより何か自然の木の姿のように見えて来る。実際にも、造る人々は、樹木から教わることが多かったに違いない。用材の扱い方、木目に対するこまやかな心づかいなど、自然にさからったものは一つもない。そういう意味で、金銅仏は、たとえ薬師寺三尊ほどの名作でも、まだほんとうに日本のものに成り切ってはいない。木彫を造るようになって、私達の祖先は、はじめて仏教の思想を消化したといえるのであろう。(同前)

大蔵寺◆おおくらじ
奈良県宇陀市大宇陀区栗野906
Tel 0745-83-2386
http://ookuraji.web.officelive.com/

大蔵寺　薬師如来立像　平安時代後期
木造　高265.0
※薬師如来立像は秘仏
毎年1月3日、4月21日に開帳されます

第七章 風景から見えるもの

浄土

宇治の平等院は、日の出の時が一番美しい。そう聞いた瞬間、何か心に感ずるものがあった。というより、朝日にきらめく鳳凰堂の景色が、ありありと眼に見えたといった方がいい。（道平等院のあけぼの）

思い立ったら居ても立ってもいられない祖母。すぐに新幹線に飛び乗り、翌日五時には平等院へ向っていた。が、残念ながら雲に隠れて朝日は拝めなかった。折角来たのだからと宇治周辺を歩いていると、恵心院という空海が創建、恵心僧都が再興した寺は、平等院と同じく「朝日山」と号することを知り、恵心僧都に思考が広がる。

朝日に輝く宇治平等院鳳凰堂

恵心僧都源信といえば、浄土信仰の創始者であり、「往生要集」の著者として、また高野山にある「阿弥陀聖衆来迎図」の作者として知られている。僧都は平等院が建立される前に亡くなっているが、王朝の人々に与えた影響にはいちじるしいものがあった。（同前）

恵心僧都は、人間にとって一番怖しい死の苦しみから救われるには、ひたすら念仏を唱える以外にはないとしながらも、平等院のような舞台装置の寺が、極楽浄土へと導いてくれると説いたため、貴族の間で流行したのは至極当然だったという。だが祖母は、極楽浄土へのイメージは、日本人の心の中に長い間育まれていたものだという。

……中宮寺の「天寿国曼荼羅」は、聖徳太子が亡くなられた後、太子が天国に迎えられる様を現したというし、「当麻《たいま》曼荼羅」の原型は、中将姫が夢に阿弥陀如来の現れるのを見て、一夜のうちに蓮の糸で織ったと伝えている。その当麻寺が、入日の美しいことで知られる二上山の麓にあるのは偶然ではあるまい。（同前）

恵心僧都が同じ当麻の里で生まれ、その後朝日山の麓に住んだという事実から、

二上山の夕景

人間は一、二歳の時に、根本的な性格が形成されるという。幼い頃から二上山を眺めて育った僧都の心には、太陽を求めて止まぬ精神が、知らず知らずのうちに培われたに違いない。

（中略）

高野山の「来迎図」は、もと横川の麓の安楽寿院にあったもので、僧都がそこで修行をしていた時、湖上に現れた荘厳な風景を写したといわれる。むろん自筆ではなく、画僧の手になったと思われるが、金色《こんじき》の阿弥陀如来を中心に、多くの菩薩が渦巻く雲に乗って降臨する景色は、頭で想像しただけではとても表現することは不可能である。下の方には藍で水が描かれ、左手に紅葉の山が見えるのは、琵琶湖とその周辺の山をあらわしているのであろう。もし湖水の上に出現したとすれば、比叡山から見て東の方角に当り、日の出か

高野山霊宝館◆こうやさんれいほうかん
和歌山県伊都郡高野町高野山306
Tel　0736-56-2029
http://www.reihokan.or.jp/

中宮寺◆ちゅうぐうじ
奈良県生駒郡斑鳩町法隆寺北1-1-2
Tel 0745-75-2106
http://www.chuguji.jp/

月の出に来迎を仰いだに違いない。（同前）

二上山の麓で育ち、横川で修行した恵心僧都には、原始的な太陽信仰と、仏教の学問が渾然一体となって、「聖衆来迎」という新しい理想がうまれたのである。そして祖母は、念願である平等院鳳凰堂での夜明けに感銘し、恵心僧都が来迎図で表現した形を立体化したものだといった。祖母もまた、現実の目に焼きついた景色からしか、書き記すことはできなかったのである。

[上]阿弥陀聖衆来迎図
平安時代　絹本著色
210.4～211.0×106.0～210.5
高野山有志八幡講十八箇院
[下]天寿国繡帳（部分）
飛鳥時代　88.8×82.7
中宮寺（奈良国立博物館寄託）

長命寺

近江の中でどこが一番美しいかと聞かれたら、私は長命寺のあたりと答えるであろう。（近江山河抄）

長命寺参詣曼荼羅　室町時代　紙本著色　148.5×162.0　個人蔵

沖つ島山）

この章の書き出しは右記のようにはじまるのであるが、中国からわたった密教の曼荼羅でさえ、日本の美しい風景の前に変遷するのだと記す。

このような絵図を見る度に、私は日本人の自然観に興味を持つ。いうまでもなく、この種の絵画は、曼荼羅から出たもので、礼拝するために造られている。その原型は、密教の両界曼荼羅にあるが、極度に抽象化され、図式化された仏教の宇宙観は、一般の日本人には向かなかったのだろう。次第にくずれて、或いは春日曼荼羅となり、日吉曼荼羅となって、神仏は混淆し、しまいには風景画か地図のようなものに変じてしまう。絵画と違うところは、完全に一つの「文様」として描かれていることで、そこに辛うじて原型の名残りを止めている。しょせん日本人の信仰は、自然を離れて成り立ちはしないのだ。（中略）寺も山も島も、そこに集まる善男善女も、それらすべてをふくめたものが、この種の絵図が示そうとした宇宙観ではなかろうか。そこには密教の曼荼羅に見られる厳しさや、大きさがないかわり、日本の風土がもたらす明るさと親しみに満ちあふれている。（同前）

長命寺◆ちょうめいじ
滋賀県近江八幡市長命寺町157
Tel 0748-33-0031

竹生島

昭和四十七年に芸術新潮で連載が始まった「近江山河抄」。そのはじまりを飾っている画が、左の竹生島祭礼

竹生島祭礼図（部分）　室町時代　絹本著色
68.2×87.9　東京国立博物館

図である。琵琶湖の北に、二つのお椀をひっくりかえしたような竹生島を幾度となくみているうちに、神への信仰が仏教とうまく同居した典型がここにもあると記す。

遠くから眺めると、その形には古墳の手本になったようなものがあり、水に浮いている所も、二つの岡にわかれている所も、前方後円墳そのままである。神が住む島を聖地として、理想的な奥津城《おくつき》とみたのは、少しも不自然な考え方ではない。仏教が入ってきて、そこに観音浄土を想像したのも、自然の成行きであったろう。逆にいえば、古墳時代の文化が根を下ろしていたから、仏教を無理なく吸収することができたので、竹生島の美しい姿自体が一つの歴史であり、神仏混淆の表徴であったといえる。（かくれ里　湖北　菅浦）

また、実際に伊吹山と竹生島が東西に相対している風景や、古事記や風土記の神話から、竹生島と伊吹山の関係に言及し、神話を伝説だと否定するむきに「神話を否定することは、自然との断絶を意味する。すべての公害の源は、そこにあるといっても過言ではないと私は思う」（近江山河抄　伊吹の荒ぶる神）と、かなり話は飛躍するが、土地を実際歩いて感じた祖母にとっては、頭で判断する者たちが許せなかったに違いない。

竹生島　宝厳寺◆ちくぶしま　ほうごんじ
滋賀県長浜市早崎町1664
http://www.chikubushima.jp/

春日鹿曼荼羅　鎌倉時代　絹本著色
76.5×40.5　奈良国立博物館

春日

古い春日曼荼羅には、白い鹿と、その背中に榊を描いた上に、鏡がかけてある。いかにも神が鹿に乗って来迎するような縹渺とした絵であるが、鏡が御神体ならば、それは太陽を象徴しているに違いない。

その上の方に、遠山が描いてあり、そこから日か月が昇っている。はじめはそれが月で、鏡とともに日月を現すのかと思ったが、よく見ると、山は三段にわかれており、阿弥陀三尊を意味するようでもある。が、見ようによっては、御蓋山と春日山と神野山を象徴するとも考えられる。もしそうであるなら、そこに出ているのは太陽で、太陽信仰がはるか東方の

奈良国立博物館◆ならこくりつはくぶつかん
奈良県奈良市登大路町50
Tel 050-5542-8600　http://www.narahaku.go.jp/

山から、春日を越えて御蓋山にもたらされたことを暗示しているのではないか。もともと神仏混淆の世界を表現した絵画だから、どのような意味にでもとれるが、日の出と真昼を現す二つの太陽は、春日大社と、その前身の若宮を表徴するように見えなくもない。鏡に十一面観音の毛彫りを描いていることも、天照大神と四の宮（比売神）の本地仏であるからだが、私は虫眼鏡で探るようなところまで深入りしたくはない。それより印度で生れた曼荼羅が、日本に渡ると同じ抽象的な宗教画でも、自然の景色や動物におきかえられ、美しい太陽讃歌をかなでることに興味を持つ。それは正確な図式の形態がくずれたわけではなく、また信仰心が稀薄になったためでもなく、原始の姿に立ち還ることによって、外来の宗教をわが物にしたことを語っている。（道　春日《はるひ》の春日《かすが》の国）

春日大社は八世紀半ばに、鹿島、香取の神を勧請し、藤原氏の氏神として伊勢神宮に匹敵する大社として造営された。祖母は春日大社の東にひろがる東山中を歩き、神野寺の跡で奈良博物館にある弥勒菩薩を思い出す。

日本の仏教は弥勒信仰にはじまる。少くとも、飛鳥の仏像には、弥勒菩薩が圧倒的に多い。何十億年か先に生れる仏の思想を、どれ程理解していたかわからないが、大きな夢を託したことは事実であろう。もしかすると、物いわぬ自然の神々に、弥勒という神秘的な存在を、重ね合せて見ていたかも知れない。（同前）

右のようなことを感じつつ、記紀にある「春日の春日」という枕詞に、太陽を祀る氏族がいたに違いないと、冒頭のような太陽讃歌が根っ子にあると説く。春日大社は仏教と重なりあおうと、また鹿島や香取を勧請しようと、春日の国津神の面影を、未だに失ってはいないのである。「かすが」とは「すがすがしい」という意味で、原生林を散歩すれば誰でも味わうことができるのだ。

神野寺　菩薩半跏像（伝如意輪観音像）
飛鳥〜奈良時代　銅造　高16.7
奈良国立博物館寄託

神野寺◆こうのじ
奈良県山辺郡山添村伏拝532
Tel 0743-87-0117

三輪と伊勢

思へば伊勢と三輪の神　一体分身の御事

（謡曲「三輪」）

幼少の頃からお能に親しんだ祖母らしく、この歌の解釈も、「室町時代に出来た神道思想ではなく、太古からの民族の記憶が遺っていたのかも知れない。またそういうものがなかったら、『一体分身』などという思想が、身につく筈はないのである」（道本伊勢街道を往く）と説く。

長い間、三輪山から昇る朝日を、稲作に必要な季節の目安とした倭民族。男性は日子であり、女性は日女であった。それを祖母は「民族の記憶」と表現した。

崇神天皇の時代、疫病が流行り宮中においても、一緒に祀られていた天照大御神と倭大国魂が引き離され、天照大御神は鎮まる地を求め、苦しい遍歴の旅に出た。そのエネルギーになったのは、「ひたすら太陽を求めた古代人の健康な魂」だったのであ

唐古池の池畔から望む三輪山夕景

る。

古代の人々のエネルギイは、やがて三輪山を拝んでいるだけでは済まなくなった。宮廷から天照大神が分れて行ったことを、祭の衰微と見る人もいるが、私はむしろ祭が発展したものと思いたい。せまい宮中での祭事が、外へ向けて爆発したといえようか。あらゆる支障を乗越えて、執拗に伊勢を目ざしたのも、天照大神の言葉どおり、「常世の国」にあこがれたからに他ならない。「重浪の帰する国」、「傍国の可怜国」は、当時の人々が夢に描いた楽園で、伊勢は大神宮が出来上る以前から、既に神秘的な姿を呈していた。

（同前）

伊勢の斎宮が、「いつきの宮」を求め歩いた道を辿りながら、式年遷宮に参列した祖母。本伊勢街道の風景が、三輪と伊勢とのつながりを、無言の中に語っていたのである。

上空から望む伊勢神宮内宮

日月山水図

昭和三十九年、オリンピックに沸き立つ世情に背を向け「西国三十三ヵ所巡礼」の旅に出たことはすでに記した。翌年淡交新社から、『巡礼の旅　西国三十三ヵ所』が出版されるのだが、そのカラーの表紙を飾ったのが「日月山水図屏風」である。先に記した『かくれ里』、外箱の装幀にもこの屏風を利用している。よっぽど強い思い入れがある屏風だと、その事実からもわかる。

富田林をすぎるころから、道は山へ入り、長野に着くと、ここに金剛寺という寺がある。千早城、観心寺なども遠くはない。密教の寺院らしく、山間の谷間に建ち、場所がら楠木氏と関係が深い。後村上天皇の行在所も残っており、宝物がたくさんあるが、有名な「日月山水図」も、金剛寺の所蔵で、幾重にも畳んだ山の姿が、槙尾へかけての風景にそっくりだ。画風も、宗達などの手本になったようなところがあり、風景とはいえ、やはり一種の宗教画と呼ぶべきであろう。（西国巡礼　第四番　槙尾　槙尾山施福寺）

右からもわかる通り、ここは南朝との縁が深い。祖母は倭建命にはじまる悲劇の皇子、別の言葉で言えば貴種流離譚の主人公に特別な愛情をかたむけた。木地師の祖・惟喬親王。補陀落渡海の平維盛。西国巡礼の祖である花山院。西行の友・崇徳上皇など枚挙に暇が無い。南朝びいきも甚だしく、吉野の山奥までその皇子、自天王を追いかけた。

ここで南朝のことを述べている紙幅はないが、西国第四番で訪れた槙尾の頂上からの風景は印象深かったようで、後日出版された『西国巡礼』の表紙となる遠山袈裟は、ここの風景から生れたものである。写真を重要視した祖母が、本の装幀に重きを置かなかったとは考えられない。一番のエッセンスを込めたに違いないと僕は思う。

それから五年後、再び金剛寺を訪れたのは、考古学者の末永雅雄先生に、「狭山から南へ入った山奥に、北条氏直がかくれていた村がある。それこそほんとうの『かくれ里』だから、行ってみないか」とすすめられた折のことである。平家落人伝説にはじまり、南朝が隠れたのも、山また山が続くこのような別天地で、戦国の武将にしても、好都合な地の利だったのであろう。ここでは屏風の詳細なる記述がある（１１８、１１９頁参照）。

その最後にわいた疑問は、旅の最後で解決することになる。

川をさかのぼったどんづまりの所に、光瀧寺《こうたきじ》とい

うお寺があった。茅葺き屋根の本堂が、清流にのぞんで建ち、聞えるものは、とうとうたる水音と、かじかの声ばかり、幽邃《ゆうすい》というもおろかな静寂の境である。村の人が交替で堂守をしているらしく、詳しいことは聞けなかったが、葛城行者の修行場の跡とかで、槇尾山の奥の院になっている。私が槇尾の天辺から見たのは、丁度このあたりの風景で、その時川は気がつかなかったが、あの屏風絵に見るとおり、山のはざまをとうとうと流れていたのである。

対岸には、神体山のような山もそびえており、その麓をまきつつ流れる渓流は、見れば見るほどあの絵にそっくりだ。そこから登る日月の光は、暗い谷間を浄土のごとく照らしたであろう。作者はたしかに光瀧寺に住んだ画僧か、行者のような人で、日夜眺めた山水の風景を、そのまま屏風に写したに相違ない。今は確信をもってそういえるような気がする。

（かくれ里　瀧の畑）

修験僧はあるとき仏師となり、霊木に仏を刻み、山野で日夜修行している中から、仏をみて曼荼羅を表す場合もある。仏師も画僧も、荘厳な自然の風景のなかから、作品が生み出されてきたのである。

瀧の畑周辺の山並

一双の片方には、春から夏へうつる景色を描き、片方は、秋から冬へかけての雪景色で、前者には日輪を、後者には月輪を配している。目ざめるような緑の山と、月光に照らされた冬山と、どちらをとるかといわれると返答に困る。これほど一双が対照的で、優劣の定めがたい屏風はない。春の山は今桜が盛りで、いつとはなしに夏がおとずれ、やがて目をうつすと、紅葉の峰から瀧が落ち、はるかかなたに雪を頂いた深山が現われる。その麓をめぐって、急流がさかまき、洋々たる大海へ流れ出る風景は、日本人が自然の中に、どれほど多くのものを見、多くのことを学んだか、無言の中に語るように見える。

　日月を配したのは、礼拝するための宗教画であったことを示しているが、その原型は、山越の弥陀とか、聖衆来迎の図に求められるであろう。現実に仏を描くことをさけ、日月山水で暗示するにとどめたのは、一つの発展であるとともに、自然崇拝の昔の姿に還ったといえるかも知れない。この種の絵には根津美術館の「那智の瀧図」もあるが、瀧を神体として描いたそれには、装飾的な美しさはなく、もっときびしい密教的な雰囲気がうかがわれる。それに比べたら、この屏風は、浄土的といえようか、蓬莱山か補陀落山を現わしているようで、宗教画が風景画へうつって行く、過渡期の作と見ることがで

日月山水図屏風　室町時代　紙本金地着彩
六曲一双　各147×313.5　金剛寺

きる。過渡期というと、中途半端の代名詞みたいだが、過渡期ほど多くの可能性を包含し、期待にあふれた時期はない。制作年代は室町とも桃山ともいわれるが、室町こそそういう時代だと私は思っている。そして、桃山期に完成した風景画、特に宗達には大きな影響を与えたに違いない。宗達もずい分好きな作者だが、残念ながら彼にはもうこの屏風からほとばしる気韻と新鮮さはない。装飾が勝ち、工芸品になりすぎている。これは宗達ばかりでなく、桃山時代の通弊で、ものが頂点に達した時の悲劇であろう。作者は誰ともわからないが、私にはなんとなく、この辺に住んだ坊さんが、毎日山を眺め、山で修行しているうちに、ある日感得した大自然の曼荼羅《まんだら》のように思われる。夏の山は、この近辺の景色だろうし、冬は葛城の雪景色であろう。瀧が描いてあるので、那智を写したという説もあるが、山の姿はなんといっても葛城であり、この山中には瀧もたくさんある。別に特定の場所ときめる必要はないが、先年巡礼の取材で槙尾山へ登った時、山上からの眺めが、あまりよく似ているので、私は驚いた。今述べたことは、その時漠然と感じたものを記したにすぎないが、巧くいえない。自然と芸術の間には、作者だけしか知らない密約のようなものがあるに違いない。（かくれ里　瀧の畑）

金剛寺◆こんごうじ
大阪府河内長野市天野町996　Tel 0721-52-2046
http://amanosan-kongoji.jp/

日本三景の一つ「天の橋立」は、対岸の籠《この》神社へつづく参道であるが、古くは「天の浮橋」と呼ばれていた。雪舟筆の「天橋立図」は、風景画ではなく、山水曼荼羅の一種と見るべきだろう。橋立の全景を、北側から俯瞰して描いたもので、実際の向きとは反対になっている

京都国立博物館◆きょうとこくりつはくぶつかん
京都府京都市東山区茶屋町527
Tel 075-525-2473（テレホンサービス）
http://www.kyohaku.go.jp/

雪舟　天橋立図　室町時代
紙本墨画淡彩
89・5×169・5
京都国立博物館

が、そんなことは問題ではない。横長の画面を区切って、一本の長いハシラが、右の岸から向う側の入江へ、生きもののように伸びて行く。それは男女の神が求め合う姿のようでもあり、また天の沼矛《ぬぼこ》をもって、海原を探っているようにも見える。

（道　日本の橋）

第八章　両性具有の美

祖母が亡くなる前の年、『両性具有の美』という最後の単行本が出版された。書き下ろしではなく、晩年三年間気ままに綴った連載は、若い時分から芽生えていたジェンダーに対する強い好奇心の集大成として一冊になったものである。「児姿は幽玄の本風也」とは世阿弥の言葉だが、四歳のときからお能を習い始めたのだから、子方を演じながら、稚児を意識したのも当然のことだった。

また、無意識のうちに、血の中にあるものがあった。薩摩示現流の使い手であった祖父・樺山資紀の逸話である。詳しくは『白洲正子自伝』に譲るが、一太刀のもとに裏切り者の首を、棺桶に落としたというものだ。薩摩隼人は若いときから「郷中」という組織に入り、「菊花の契り」を結ぶのが普通のことで、「よか稚児」とか「よか二才」という言葉を耳にして祖母は育つ。祖母の血にも流れるそのような「過激で野蛮なもの」は、母方の祖父が、「この子が男の子だったら、海軍兵学校に入れたのに」とか、付けられた「韋駄天お正」という渾名からもよくわかる。荒い気性は自伝の表紙の不機嫌そうに祖父の膝の上に座る写真をみれば明らかだ。

僕は鹿児島にしかない示現流道場に、祖母と行ったことがある。遠くの方から走ってきて、「トンボ」という構えから、ただ一心不乱に立木を乱打する稽古は迫力満点、僕は怖く感じたが、祖母が「ゾクゾクした」と言ったのには驚いた。

外観や環境がどんなに変ろうと、持って生れた本質は百年や千年ではどうにもならぬものなのだ。自分自身を顧みて私はそんな風に思っている。（白洲正子自伝　隼人の国）

稚児をはじめとする芸能に、男色はつきものである。『三国史記』に貴族の美しい少年に、化粧をほどこし、武芸と歌舞を教える、「花郎」という制度があったと記されている。やがて、仏教が盛んになると、「花郎」は弥勒菩薩の化身として崇ばれるようになったという。

それについて思い出されるのは、京都太秦《うずまさ》の広隆寺にある飛鳥時代の弥勒半跏像で、朝鮮から伝来したといわれ、松材の一木造りの肌の美しさは比類がない。この仏像にはさまざまの説があって一概には

伊富貴山観音寺　伝教大師像　鎌倉時代
木造　高65.0

いえないが、少年のように柔軟な姿態といい、匂い立つような清々しい色けといい、新羅の人々が崇拝した花郎とは、正にこのような姿をしていたのではなかったか。昔、ある大学生がこの仏像の指を折って盗んだとかで、騒ぎになったことがあるけれども、どうしても自分のものにして愛撫したくなった気持

伊富貴山観音寺◆いぶきやまかんのんじ
滋賀県米原市朝日1347　Tel 0749-55-1340

観心寺　如意輪観音坐像　平安時代前期
木造彩色　高109.4

興福寺◆こうふくじ
奈良県奈良市登大路町48
Tel 0742-22-7755
http://www.kohfukuji.com/

観心寺◆かんしんじ
大阪府河内長野市寺元475
Tel 0721-62-2134
http://www.kanshinji.com/

興福寺　阿修羅像　奈良時代
乾漆造彩色　高153・4

がわかるような気がする。（両性具有の美　新羅花郎）

このように祖母は、仏像から男色を感じることがままあったが、「薩摩の兵児二才の組織とその精神においては殆んど同じものであったことはいうまでもない」（同前）としている。

鎌倉時代から室町にかけて、僧侶の間で男色は、公然の秘密だったらしい。むしろ奨励した向きがなくもないが、鎌倉時代に忽然と流行したわけではなく、僧院の長い歴史の中に、ひそかに培われ、熟して行った。南北朝時代の物語や絵巻にみられるように、中世寺院ではごく普通に行なわれていたのだった。

聞くところによれば、叡山には、「稚児灌頂」と称する文書があり、一種の儀式にまで発展した、男色の秘戯が記してあるという。（かくれ里　西岩倉の金蔵寺）

祖母は師弟の間も、肉体関係を結ぶことで、血の通った伝授が行われていたのかもしれぬと記す。大事なのは肉体関係ではなく、男性同士の、「菊の契り」に似た精神的なことに、祖母はジェンダーを感じたのである。青山二郎や小林秀雄をはじめとする文士の輪にわけいったのも、男性同士が集まって真剣に遊び議論する姿に、一種憧れと強い好奇心があったのだと思う。社交界という表面的な付き合いの毎日を経験した祖母には、それしか道がなかったというべきか。

祖母はある展覧会で伝教大師の近づき難い像（123頁）に、「単純明快な表現が美しく、肖像というより、平安初期の神像を思わせた」（同前）といいながら、空海と弟子の泰範を争った事実と、稚児の物語を重ね、最後に有名な二つの国宝にまで話が及んでいる。誤解があるといけないが、祖母は女人禁制の中にあって、聖人のような人物より、人間らしく喜怒哀楽のある生き方に惹かれたのだ。

……男女の別のない少年には、観音や弥勒に通じる純粋無垢な美しさがあり、たとえば興福寺の阿修羅など、あの夢みるようなまなざしと、清純そのものの姿態は、天平時代の僧院にも、男色が行われたことを暗示しているように思う。観心寺のあの官能的な如意輪観音も、女ではなく、男であった。ほのかにゆらぐ灯のもと、密教の秘法をこらす僧侶たちが、そこに永遠の理想像を夢み、稚児を仏の化身と見たのも思えば当然のことである。夢にはじまり、その夢が現実となって現われる「秋の夜の長物語」は、よくその真髄をとらえているといえよう。（同前）

第九章 地主神と仏教の二大聖地

日吉大社の神体山、小比叡（八王子山）

比叡

自然信仰の「石」のところで前述したが、山全体が神として崇められ、やがて頂上の磐に神が降臨する座がつくられる。比叡山では小比叡（八王子山、牛尾山）が神山で、頂上の大きな磐座を挟んで、二つの社が建ったのは後のことである。

大山咋神《おおやまくいのかみ》、亦の名は山末之《やますえの》大主神《おおぬしのかみ》。此の神は近淡海国の日枝の山に坐し……（『古事記』）

とあるように、大山咋神は古くからこの地を支配した地主神だった。七世紀半ば、百済が滅亡し白村江の戦いで敗れた天智天皇は、国家防衛の観点もあり、近江に都を遷す。そのときの近江の守り神として勧請したのが、三輪山の大物主である。

日吉大社にお参りすると、小比叡の麓、奥まったところに東本宮があり、大山咋神を祀っている。神格の上では大物主にかなわないが、日吉大社の元はこちらなのだ。毎年四月に行われる「御生《みあ》れ祭」は、日吉の神々の歴史を忠実に再現している。小比叡の頂上から神輿をおろすところから祭りが始まることはすでに述べたが、写真（左頁）の船渡御は、大物主が三輪から遷ってこられた歴史絵巻なのだ。日本の祭りは民衆の暮らしと、神々がいかに密接だったかの証なのだと思う。

繰り返すが、祖母は物事の根本にこだわり、また尊重した。日吉大社を巡るにあたり、社家で学者の景山春樹先生を頼る。先生は日吉に限らず影響を受けた人である。『神体山』をはじめとする先生の著書が、書斎の手の届くところに置かれていた。先生に東本宮のなかで、玉依比売を祀っている「樹下社」が、日吉大社の原点だと指摘され、社と神山との位置関係から、

……さながら古代信仰の絵文様を見る思いがする。神社には、山王曼荼羅といって、地図のような絵がたくさん残っているが、なぜあんなものが信仰の対象となり得るのか、私には不可解であった。が、今はいく分わかったような気がする。日本人にとって、自然の風景というものは、思想をただし、精神をととのえる偉大な師匠であった。そして、その中心になる神体山、生活にもっとも必要な木と水を生む山が、女体にたとえられたのは当然であろう。（**近江山河抄　日枝の山道**）

樹下社は玉依比売を祀り、小比叡頂上へ登る参道にあり、「亀井」という神泉を有しているのである。

伝教大師最澄は、日吉大社参道にある生源寺で生れた。

最澄は二十歳のときに比叡山に籠ったのだが、日吉大社に参拝し、大宮川を遡り現在の根本中堂あたりに達したという。

いわゆる比叡山は、小比叡に対して大比叡とも呼ばれるが、どちらが先に神山とみなされたか、今は知る由もない。が、三上山や三輪山の例をみてもわかるように、まず里に近いこと、紡錘形の美しい姿をしていること、川がそばにあって、「神奈備《かむなび》」の条件をそなえていること、が、神体山の特徴といっていい。してみると、小比叡の方がふさわしいということになるが、（中略）優しい姿の小比叡の山を、抱くような格好で立つ大比叡は、似合いの夫婦のように見えて来る。

（同前）

最澄創建の比叡山は、禅宗から浄土宗にいたる数多くの名僧を輩出したが、村人が日枝の神霊を山から里へ降ろし、豊穣を願ったのと同様に、最澄も日枝の山霊に救いを求めたのである。

日吉大社「御生れ祭」の船渡御

日吉大社◆ひよしたいしゃ
滋賀県大津市坂本5-1-1
Tel 077-578-0009
http://www6.ocn.ne.jp/~hiyoshi3/

一乗寺にある伝教大師の画像も、私の好きなものの一つである。こちらの方は歌から受ける印象とは違って、円満具足の相をそなえており、平安時代のやわらかい筆法と色彩が、浄土的な雰囲気をかもしだす。

（近江山河抄　日枝の山道）

一乗寺　伝教大師像　天台高僧像十幅のうち　平安時代
絹本著色　128.8×75.8　奈良国立博物館寄託

葛川明王院の本尊三尊像
中央が千手観音立像、右脇侍が不動明王立像、左脇侍が毘沙門天立像という珍しい組み合わせ
ともに平安末期　木造漆箔（千手観音像）、木造彩色（両脇侍）

回峰行

回峰行とは最澄からくだり、慈覚大師円仁の代、その弟子であり始祖となる相応和尚が、比叡山からさらに比良山中へと彷徨い、ある日、思古淵《しこぶち》明神の教えにしたがい感得した行のこと。

回峰行は、いわばシコブチさんと不動明王の合作である。自然信仰は未だに私たちの血の中を流れており、きっかけさえあれば、いつでも息をふき返す。登山家などは、共感して下さると思うが、日本人が持つ不思議なエネルギイは、そういうところに見出すのではないか。もう一度断っておくが、このことは神道や仏教のドグマとは、何ら関係はない。相応和尚の思想は、経典に頼らず、物も考えず、ひたすら山を歩くことだけで、修験道だけでなく、空也や一遍のような、遊行聖の源泉ともなった。（道 比叡山 回峰行）

祖母は景山先生からシコブチの本社が、葛川明王院だと聞き、また展覧会で、それが描かれた鎌倉時代の美しい古絵図に出会い興味を持つようになる。先代からの縁である飛鳥園の写真家後藤氏と取材を進めていると、坂

本や京都市中で、「回峰行者」と呼ばれる一団に出くわし、葛川へ行こうと思い立つ。それが縁で、祖母には大阿闍梨である光永澄道さんという友人も出来た。はじめて会ったのは「十二年籠山」という修行をおえたばかりの頃で、祖母の縁で僕も親しくして頂くことになる。

かつては比良山から花折峠に至る、広大な地域を占めたシコブチ明神も、今は末社として、地主神社の横に祀られているにすぎない。が、それは日本の自然神が、当然落ちゆく運命であったろう。彼らはしばしば老翁と化して現われるが、それは年とりすぎたことを示しており、新しい神を欲した民衆の求めに応じて、仏を紹介するのが、彼らに課せられた役目であった。つとめを終えた後は、仏の陰にかくれて、消滅したように見えるが、実は仏に変身したのであって、神道よりむしろ仏教の中に、その精神は伝えられた。相応が感得した不動明王は、まさしくシコブチの直系の子なのである。（かくれ里　葛川明王院）

白い浄衣の行者が、日吉大社の「走井橋」を渡ってお参りする光景。なんと美しい神仏習合の姿ではないか。

[右]日吉大社の走井橋を往く回峰行者
[中]玉体杉で御所を拝す
[左]春雪を踏み分けて、玉体杉から横川へ

高野山

能面を探し歩いていた若い時分から、祖母は各地の丹生神社で美しい面に出会い、西国巡礼や越前の山の中でも「丹生」の地名を耳にして、「いくら呑気な私でも、こう丹生都比売に追いかけられると、関心を持たないわけに行かなくなる」といって調べ始める。

周知の通り丹は、辰砂とか朱砂を意味し、水銀の原料になる。水銀は塗料や顔料に用いられ、また呪術にも欠かせないもので、こうした鉱物が古来不思議な霊力をもつと崇められたのは当然のことだった。朱砂を採掘したのは山住みの木地師や、金勝族（第四章参照）という、太古から国土に住みついた神聖なる流浪集団である。

狩場明神像　鎌倉時代　絹本著色
83.3×40.4　高野山金剛峯寺

今昔物語に、弘法大師が高野山を開くに当り、聖地を求め巡歴する場面がある。そのとき山の中で出会う一人の猟師が右頁の狩場明神で、見るからに異様ないでたちだった。大師が尋ねると、猟師は犬を放って紀州の山へ導き、「山ノ王」と会うことになる。それが「丹生ノ明神」だった。猟師は「高野明神」と名乗って消え失せたという。面赤クシテ、との記述は、丹を象徴しており、実際に吉野から高野山にかけては、水銀鉱脈が多くある。

弘法大師はそこへ目をつけたので、漠然と仏教の聖地を求めたのではあるまい。良弁が金勝族を統率したように、弘法大師は丹生族と密接な関係を持ち、世紀の大事業をなしとげたのであろう。高野山には、今も地主神として丹生・高野の両神を祀っているが、水銀は寺院建立のために、大きな財源となったに相

丹生明神像　鎌倉時代　絹本著色
83.3×41.0　高野山金剛峯寺

違ない。神仏が混淆する裏には、そういう長い民族の歴史が秘められていた。（かくれ里　丹生都比売神社）

祖母は丹生神社の総社、天野にある丹生都比売神社に足を延ばし、「私は、天野に隠居したいと思っているくらいである」とその佇まいに感動する。

周囲をあまり高くない、美しい姿の山でかこまれ、その懐ろに抱かれて天野の村は眠っていた。ずい分方々に旅をしたが、こんなに閑かで、うっとりするような山村を私は知らない。神社はその広々とした野べの、一番奥まった所に建っており、朱塗りの反橋の向うに、大きな杉にかこまれて、どっしりした楼門が見えた時には、「来てよかった」と私たちは異口同音にいった。（同前）

祖母は「日本が生んだ偉大な人物を、こんな風に比較するのは好ましくない」としながらも、南都と対立し、どちらかと言えば融通のきかない優れた教育者、伝教大師最澄、対して天才的で柔軟性があった弘法大師空海と記したが、たった一つ似た点として、山に籠って修行したことをあげる。

最澄が日枝の神に導かれたように、空海も丹生津比売の加護によって、高野山を開くことを得たのである。天台宗も真言宗も、密教によって結びついているが、その中から修験道が発生したのは、思えば当然なことであった。それは古代の自然信仰の変相図ともいえる。（近江山河抄　日枝の山道）

場所は変れど、わが国の基本的な信仰の源、祈りのたどった道は、同じだということは言うまでもあるまい。

［上］天野丹生都比売神社の狛犬　鎌倉時代
木造　高91.3／88.1　高野山霊宝館
［左］天野丹生都比売神社の太鼓橋

丹生都比売神社◆にうつひめじんじゃ
和歌山県伊都郡かつらぎ町上天野 230
Tel 0736-26-0102
http://www.niutsuhime.or.jp/

能面

ある日、幼稚園からの帰りに、靖国神社へ連れて行かれた。そこで、奉納能が行われるというのである。もちろん私はお能なんて何のことかわからず、着いた時は夕方になっていて、薄暗い舞台の上で、全身真赤っかな妖精みたいなものが二匹で蠢めいていた。

お経のような合唱につれて、甲高い笛の音と鼓がその間を縫う。何だか変なものだと思って見ている間に、こっちは一向その気がないのに奇妙にひきいれられて行く。そのとたんに電気が消えた。暗闇の舞台の上では、何事もなかったように依然として音楽が鳴っている。これも演出のうちかと思っているとそうではなく、停電で電気が切れたのであった。と、間髪を入れず、舞台の四隅と橋掛に紙燭《しそく》がともされ、そこに夢のような世界が現出したのである。

（白洲正子自伝　能に取憑かれて）

祖母は歌舞伎も宝塚も好きだったが、能舞台の醸し出す異様な雰囲気に取り憑かれ、四歳の頃から、両親も習っていた梅若實氏に師事する。「ひと月に一度の稽古がどんなに待ちどおしかったかわからない」（同前）と記す。

昭和十八年、三十三歳のときはじめての著作『お能』を刊行する。至極当然といえばそうなのだが、「お能というものはつかみどころのない、透明な、まるいものである」と冒頭で記しているが、無論、意味深長なのは言うまでもない。ここでは「能にして能にあらず」と言われる「翁」について述べたいと思う。

能楽の祖・秦河勝は、神楽に対して「楽しみを申す」という「申楽」を伝え、その子孫は「一日に六十六番はつとめがたい」と、各地に六十六番あったものを、後の式三番となる「稲積の翁、代継の翁、父尉」にまとめる。「どうどうたらりたらりら…」という囃子詞のほかは、「天下泰平、国土安穏」といった祈りの言葉に終始し、舞踊をともなう儀式に近いものである。拍子を踏むのは、大地を耕すと同時に、地の霊を鎮めているのである。

「翁」「式三番」は平安朝の頃から宮中で行われ、能面は、神像や新たに一木に彫られた仏像と同じように、木彫りの美しいものが作り出されていく。祖母は木地師が能面として、一番はじめにつくったのが「翁面」だろうと記したが、初期のものは、うぶな美しさがあり、神社のご神体として祀られたものだった。

……翁の形式が出来上った平安朝は、ちょうど神

仕舞を演じる26歳の白洲正子

像なども生れた時代で、学者はそれを神仏混合と呼んで片づけていますが、これは決して神仏がくっついたという単純な思想ではなく、民族の中に根強くはびこっていた古代の信仰が、外来の仏の姿を借りて復活した、——信仰というより、生活力とでもいいたくなるような、大変興味ある一時期です。美術の上でも「和様」があらわれ、木彫の美しさも発見されました。仮面もその頃、外国の影響からはなれ、日本人の表情を見出したのですが、一番はじめに造ったのは、おそらく翁の面でした。（世阿弥——花と幽玄の世界　仮面の芸術）

祖母は「女に能は舞えない」と一度お能から遠ざかるが、友枝喜久夫氏と出会うことにより、再び能舞台へと足を運ぶようになる。祖母はそれだけでは飽きたらなくなり、自ら主催して「仕舞いの会」を、友枝氏の稽古場で催すことになる。僕は大学生になって、祖母宅に同居していた頃のことで、はじめて能に触れる。祖母は友枝氏の「翁」の素謡に、「いつしか私の目の前からはシテの姿も地謡も消えてなくなり、滔々《とうとう》とさかまく水しぶきの中に、天から落下する『那智の瀧』の壮絶な景色が出現した」（夕顔　翁）、と強い調子でいう。能楽鑑賞なんて生易しいことではなく、シテも見物人も自然のなかに身を置いていて、一緒に舞っているのである。

冒頭の『お能』は以下のように終わっている。少し長いが引用する。じっくり読んでもらいたい。

> **「美しい」ということばをもってそのお能の美しさはあらわせません。「どこがよかった」などと考えるひまもありません。そしてとりもなおさず言語に絶したのであります。その感激はその場かぎりのものではなく、日がたてばたつほど深さを増し、新しさを増します。そのシテの名も、そのお能の曲も、その演能の月も日も、なにもかも考えたくないほどの気がいたします。**
>
> **　それまでわかったつもりでいたお能が、またなんというわからないものであるかということも知りました。それは理解を絶するほどの神秘的な美しさをもっていたからです。その美しさは二時間で私の目の前から永久に消えうせました。しかしそのお能は永遠に消えることのない光を私に、――いや、この世のなかに残しました。思えば長い命を保つ絵画彫刻や文学は永久に存在するかのように見えますが、いつかは無に帰するにきまっています。千数百年の長い年月美しく光りかがやいていた法隆寺の壁画のくずれる日も遠くないことを聞くときことさらその感を深くいたします。そしてはてしもないもののはじめと終わりを考えるとき、千年も二時間も大差はないことを知ります。**
>
> **（中略）**
>
> **もう書くのがいやになりましたからよします。**
>
> **最後に能を語るものとして、母の遺した歌をしるしておきます。**
>
> **道の辺の小石ひとつも世の中に**
> **かくべからざるものとし思ふ**
>
> **（お能　お香とお能／おわりに）**

言語を絶するほどの感激は、千年の歴史に等しいとする祖母。そして、道端の小石でさえ、この世には大切なものだ、と、母の歌をしみじみ想う。幼少の頃から、わが国に根付いた「あらゆるものに魂が宿る」という信仰に同調し、一生涯の思想哲学は完成しているのである。祖母の人生は、若い頃、お能を通して身についた感覚を、一生かけて表現したに他ならない。自然と対立するのではなく、道端の小石と、我々人間を同列におき、自然と共存していくことこそ、すなわち我々の、「祈りの道」そのものが歩んだ歴史なのである。

翁面　瀧波白山神社

この面は、翁のなかでも最も古い作のひとつで、室町時代を降るものではないと思います。眼に、鼻に、口元に、自足した心から湧き出る自然な笑い、それをめぐって流れる皺の線は、模様化していても固定した感じは与えません。ここにあらわされたのは、現実の老人の老いぼれた姿ではなく、その長寿と経験と知恵、更にそれを支える生活力と健康な肉体、そういうものの綜合といえましょう。翁の思想は、遠く祖先崇拝の信仰にまでさかのぼって考えられますが、そんなむずかしいことはさておき、この面には端的に何か美しいものがある。呑気で、無関心で、ただ存在している、それだけで満ち足りた人間の幸福感。私には専門的な知識はありませんけれども、どんな無知なものにも、ひと目で平和な落着きを与えるもの、見ただけでたのしいもの、それがお能の真の姿ではないかと、私はこの面を前にして思うのです。（お能の見方　仮面について）

白洲正子 年譜

一九一〇年（明治43年）
一月七日、東京市麴町区に誕生。

一九一三年（大正2年）❀3歳
四月、学習院女子部幼稚園に入園。

一九一四年（大正3年）❀4歳
靖国神社で梅若万三郎・六郎兄弟の「猩々」を見て能に夢中になる。

一九一六年（大正5年）❀6歳
四月、学習院女子部初等科入学。
この年、梅若六郎（のちの二世梅若實）に入門し、能を習い始める。
この頃、毎年夏を御殿場の別荘で過ごし、富士の自然と親しむ。

一九二一年（大正10年）❀11歳
本格的に能に専念。毎日のように稽古場へ通う一方、自宅でも週一回、梅若六郎の息子・亀之（のちの五十五世梅若六郎）に習う。

一九二四年（大正13年）❀14歳
三月、学習院女子部初等科を修了。夏、能の舞台に史上はじめて女性として立ち、「土蜘」を舞う。九月、ニュージャージー州のハートリッジ・スクールに入学。

一九二八年（昭和3年）❀18歳
ハートリッジ・スクールを卒業し、帰国。能の稽古を再開。

一九二九年（昭和4年）❀19歳
十一月、白洲次郎と結婚。十二月三日、母・常子が死去（54歳）。

一九三一年（昭和6年）❀21歳
二月五日、長男・春正誕生。この頃から数年間、次郎の仕事の関係で、毎年ヨーロッパに出かける。

一九三二年（昭和7年）❀22歳
春、和辻哲郎の『古寺巡礼』を頼りに奈良の聖林寺を訪れ、十一面観音と初めて出会う。

一九三五年（昭和10年）❀25歳
夏、河上徹太郎を知る。のちに河上の紹介で小林秀雄、青山二郎、今日出海ら文士たちと交流を持つことになる。

一九三六年（昭和11年）❀26歳
二月、パリ滞在中に二・二六事件。

一九四二年（昭和17年）❀32歳
十月、鶴川村能ヶ谷の農家を買う。

一九四三年（昭和18年）❀33歳
二月八日『お能』脱稿。十月、梅若實の家より先祖伝来の能面などを鶴川の白洲家に疎開させる。このことが後に『能面』（一九六三年）を執筆する起因となる。十一月、『お能』（昭和刊行会）刊行。

一九四五年（昭和20年）❀35歳
八月十五日、終戦。この頃、未発表原稿「清少納言」執筆。

一九四六年（昭和21年）❀36歳
青山二郎（45歳）と出会い、その影響で急速に骨董の世界に没入。

一九四八年（昭和23年）❀38歳
四月、『たしなみについて』（雄鶏社）刊行。

一九五〇年（昭和25年）❀40歳
「芸術新潮」創刊、十二月号に細川護立、河上徹太郎との座談会「細川護立芸術放談」で初登場。

一九五一年（昭和26年）❀41歳
四月、『梅若實聞書』（能楽書林）刊行。装幀は芹沢銈介。

一九五三年（昭和28年）❀43歳
父・愛輔没（十月、88歳）。この頃から能面を求め各地を旅する。この旅が後年の紀行文を生み出すきっかけとなる。

一九五四年（昭和29年）❀44歳
「新潮」一月号に「第三の性」を発表。「私の芸術家訪問記」を「婦人公論」に連載。

一九五五年（昭和30年）❀45歳
四月、『私の芸術家訪問記』（緑地社）刊行。この年、染織工芸店「こうげい」の開店に協力する。

一九五六年（昭和31年）❀46歳
「こうげい」の直接経営者となる。

一九五七年（昭和32年）❀47歳
六月、『お能の見かた』（東京創元社）刊行。十一月、『韋駄天夫人』（ダヴィッド社）刊行。

一九六〇年（昭和35年）❀50歳
この頃、能の免許皆伝を授かるが、女に能は出来ないと悟る。名人のいなくなった現代の能に幻滅し、能から遠ざかる。

一九六二年（昭和37年）❀52歳
三月、『きもの美――選ぶ眼・着る心』（徳間書店）刊行。

一九六三年（昭和38年）❀53歳
三月、『心に残る人々』（講談社）を刊行。八月、『能面』（求龍堂）刊行。

一九六四年（昭和39年）❀54歳
二月、『花と幽玄の世界――世阿弥』（宝文館出版）刊行。五月、淡交新社より『日本のやきもの7 信楽・伊賀』（共著）刊行。六月、『能面』縮刷改訂版（求龍堂）刊行。同書により第十五回読売文学賞を受賞。東京オリンピック開催中の十月、西国三十三ヵ所観音巡礼の旅に出る。

一九六五年（昭和40年）❀55歳
三月、『巡礼の旅――西国三十三ヵ所』（淡交新社）刊行。

一九六六年（昭和41年）❀56歳
「明恵上人」を、「学鐙」に一年間にわたって連載。

一九六七年（昭和42年）❀57歳
十一月、『栂尾高山寺　明恵上人』（講談社）刊行。

一九六九年（昭和44年）❀59歳
「かくれ里」を、「芸術新潮」一月号より、約二年にわたり連載。「古典の細道」を、「太陽」七月号より、一年にわたり連載。

一九七〇年（昭和45年）❀60歳
八月より、「骨董夜話」を「太陽」に半年間連載。十二月、『古典の細道』（新潮社）刊行。この年、銀座の「こうげい」を知人に譲り、執筆活動に専念する。

一九七一年（昭和46年）❀61歳
十二月、『かくれ里』（新潮社）刊行。

一九七二年（昭和47年）❀62歳
「近江山河抄」を「芸術新潮」八

月号より連載（十回）。『かくれ里』により、第二十四回読売文学賞を受賞。

一九七三年（昭和48年）◈63歳

十月、『ものを創る』（読売新聞社）刊行。十一月と十二月、『謡曲・平家物語紀行　上・下』を平凡社より刊行。

一九七四年（昭和49年）◈64歳

「十一面観音巡礼」を「芸術新潮」一月号より連載（十六回）。その取材で大和、近江、若狭などの古寺を訪ねる。二月、『近江山河抄』（駸々堂出版）刊行。

一九七五年（昭和50年）◈65歳

四月に『骨董夜話』（共著）、十二月に円地文子との対談をまとめた『古典夜話』（いずれも平凡社）刊行。十二月、『十一面観音巡礼』（新潮社）刊行。

一九七六年（昭和51年）◈66歳

十月、加藤唐九郎との対談をまとめた『やきもの談義』（駸々堂出版）刊行。十二月、『私の百人一首』（新潮社）刊行。

一九七八年（昭和53年）◈68歳

二月、『世阿弥を歩く』（共著／駸々堂出版）刊行。十月、『魂の呼び声――能物語』（平凡社）刊行。

一九七九年（昭和54年）◈69歳

現代の匠たちを紹介した「日本のたくみ」を、「芸術新潮」一月号より連載（十九回）。三月、骨董と人生の師だった青山二郎死去（77歳）。十一月、『道』（新潮社）刊行。十二月、『鶴川日記』（文化出版局）刊行。

一九八〇年（昭和55年）◈70歳

十二月、『花』（神無書房）を刊行。

一九八一年（昭和56年）◈71歳

五月、『日本のたくみ』（新潮社）刊行。

一九八二年（昭和57年）◈72歳

二月、『私の古寺巡礼』（法蔵館）刊行。八月、『縁あって』（青土社）刊行。

一九八三年（昭和58年）◈73歳

三月一日、白洲正子に最も影響を与えたひとりであった小林秀雄死去（80歳）。「新潮」四月臨時増刊号（小林秀雄追悼記念号）に「『美』を見る眼」を発表。

一九八四年（昭和59年）◈74歳

九月、『白洲正子著作集』全七巻（青土社）の刊行がはじまる。

一九八五年（昭和60年）◈75歳

一月、『草づくし』（新潮社）刊行。九月、『花にもの思う春』（平凡社）刊行。秋、次郎とともに京都に旅行。帰宅して数日後の十一月二十八日、次郎死去（83歳）。

一九八六年（昭和61年）◈76歳

「西行」を「芸術新潮」四月号より連載（二十回）。

一九八七年（昭和62年）◈77歳

九月、『木――なまえ・かたち・たくみ』（住まいの図書館出版局）刊行。この年、初めて友枝喜久夫の能「江口」を見て、その名人芸に強烈な感動を覚える。

一九八八年（昭和63年）◈78歳

十月、『西行』（新潮社）を刊行。

一九八九年（昭和64、平成元年）◈79歳

十一月、『老木の花』（求龍堂）、『遊鬼――わが師わが友』（新潮社）刊行。

一九九〇年（平成2年）◈80歳

「いまなぜ青山二郎なのか」を、「新潮」一月号より連載（十四回）。

一九九一年（平成3年）◈81歳

「白洲正子自伝」を「芸術新潮」一月号より約三年半にわたり連載。「L&G」（JR東海の新幹線車内誌）に巻頭エッセイの連載を始める。一月、第七回都文化賞を受賞。七月、『いまなぜ青山二郎なのか』（新潮社）刊行。九月、『雪月花』（神無書房）刊行。

一九九二年（平成4年）◈82歳

桜が盛りの吉野へ旅し、歌人前登志夫に会う。夏、富良野に、どろ亀先生こと高橋延清を訪ねる。

一九九三年（平成5年）◈83歳

五月、『対話――「日本の文化」について』（神無書房）刊行。九月、『随筆集　夕顔』（新潮社）刊行。十一月、写真集『姿　井上八千代／友枝喜久夫』（監修／求龍堂）刊行。

一九九四年（平成6年）◈84歳

「両性具有の美」を、「新潮」一月号より連載。十一月、過去に発表された短文を新編集したシリーズ第一弾『風姿抄』（世界文化社）刊行（一九九五年『日月抄』、一九九六年『雨滴抄』『風花抄』、一九九七年『夢幻抄』、一九九八年『独楽抄』、一九九九年『行雲抄』）。十二月、『白洲正子自伝』（新潮社）刊行。

一九九五年（平成7年）◈85歳

三月、「こうげい」を閉店。同月、『名人は危うきに遊ぶ』（荻生書房）限定版刊行（同年十一月、新潮社より改訂版）。五月、『白洲正子私の骨董』（求龍堂）刊行。

一九九六年（平成8年）◈86歳

一月、『白洲正子を読む』（共著／求龍堂）刊行。

一九九七年（平成9年）◈87歳

三月に『両性具有の美』、十月に『おとこ友達との会話』（いずれも新潮社）刊行。

一九九八年（平成10年）◈88歳

四月、写真集『花日記』（撮影・藤森武／世界文化社）を刊行。六月、多田富雄『ビルマの鳥の木』（新潮文庫版）に解説「多田先生のこと」を発表、最後の執筆となる。九月、『美しくなるにつれて若くなる』（『たしなみについて』『鶴川日記』の抜粋／角川春樹事務所）刊行。十二月二十六日、肺炎のため入院先の日比谷病院にて死去。

※『白洲正子全集』（新潮社刊）の年譜を元に、作成しました。

本書の編集に際し、貴重な仏像、神像、
絵画作品などの撮影、掲載にご協力いただいた
寺院、神社、美術館、博物館、コレクターの皆様に、
厚く御礼申しあげます。

引用文は『白洲正子全集』(新潮社刊)を
元本としました。

協力
旧白洲邸　武相荘

ブック・デザイン
川島弘世＋沼田美奈子

撮影
野中昭夫……5、38右、55
飛鳥園……10、13、43、48、62、63、65、67、69、71、74、76、79、80、81、82、83、91、96、97、98、103、124、125
田淵暁……14左、17、18
藤森武……19、89、92
中田昭……26、27上
長谷川保……45
牧直視……58、59、85、123、127
野呂希一……77
後藤英夫……86、87
後藤親郎……104、132、133
吉越立雄……141
新潮社写真部……上記以外

写真提供
熊野那智大社……8
静嘉堂文庫美術館……9
根津美術館……11、22-23
相国寺承天閣美術館……20-21
大和文華館(城野誠治)……25下
京都国立博物館(金井杜道)……66
奈良国立博物館(森村欣司)……68、78、112、113
明通寺……93
中山寺……94
東京国立博物館……100、111
高野山霊宝館……108-109、134、135、136
延暦寺……131

白《しら》洲《す》正《まさ》子《こ》　祈《いの》りの道《みち》

発行　2010年9月25日

著者　白洲信哉《しらすしんや》 編
発行者　佐藤隆信
発行所　株式会社新潮社
住所　〒162-8711 東京都新宿区矢来町71
電話　編集部 03-3266-5611
　　　読者係 03-3266-5111
http://www.shinchosha.co.jp
印刷所　凸版印刷株式会社
製本所　加藤製本株式会社
カバー印刷　錦明印刷株式会社

ISBN978-4-10-602210-4 C0370